徳　間　文　庫

深川ふるさと料理帖㈡

輪島屋おなつの春待ちこんだて

馳　月　基　矢
上田聡子監修

徳　間　書　店

目次

第一話　海藻鍋

一、

どうしたって眠れない夜はあるものだ。

冷たく晴れた宵《よい》の空に、晦日《みそか》の月は見えない。

明かり取りの小さな窓から空を仰《あお》いでいる。おなつが何気《なにげ》なくついた息は、うっすらと白くかすんだ。晩秋《ばんしゅう》九月の終わりともなると、夜はいささか肌寒い。

おなつは手元に目を落とした。

「おなっちゃん宛ての手紙やぞ。まとめて渡しとくけど、毎月一日に一通ずつ読んでや。三月から十月のぶんまで置いていく。蝦夷地《えぞち》は、輪島《わじま》や江戸よりも早く冬になるやから、雪と氷に閉ざされてしまう前に、俺は江戸に戻ってくるわ」

ちょっといたずらっぽく笑いながら、丹十郎《たんじゅうろう》はおなつに八通の文《ふみ》を差し出した。

それぞれの表《おもて》に、何月のおなっちゃん、と宛名が書かれている。

「月の初めに、一通ずつ読んでいいんやね？」

「うん。まとめて読みたくなるかもしれんけど、辛抱《しんぼう》しとって。蝦夷地から江戸へ文を送ることは許されとらんから、その代わりやぞ。毎月一通ずつっていう約束にしといたら、おなっちゃんはひと月ごとに俺のことを思い出してくれるやろ？」

明るいはずの丹十郎の目に、影が差しているように見えた。軽《かろ》やかな口ぶりを装《よそお》っていても、おなつには、丹十郎の気持ちがわかった。

離れ離れになるのが寂《さみ》しくて、怖い。忘れられてしまったら、どうしよう？

だから、おなつは、別れ際《ぎわ》のあのとき、ちゃんと言葉にした。いつでも、今も、あのときの言葉を胸に抱《いだ》いている。

「あたしが丹十郎さんのことを忘れるわけないし」

どんなときだって脳裏《のうり》に、あるいは胸の奥に、丹十郎の姿が映る。ふとした弾《はず》みで、丹十郎の声が、言葉が、耳によみがえってくる。

星の光は冴《さ》え冴《ざ》えとして明るいが、文を読めるほどではない。最後の一通を、おなつはさっきから手の中でもてあそんでいる。

朝が来たら、最後のこの一通を開いていい。きっとまた、何てことない世間話みたいな文なのだろうが。

少し恨《うら》めしいような気持ちになる。

こんなにも長い間、会えない。そうだというのに、とっておきのはずの文の中身が、ありふれた世間話だなんて。

輪島で暮らしていた頃から、丹十郎と離れ離れで過ごすことには慣《な》れているつもりだった。

丹十郎は廻船問屋《かいせんどんや》いろは屋の末息子で、以前は弁才船《べざいせん》に乗り組んでいた。弁才船の商《あきな》いは、季節ごとの流れが決まっている。春に大坂を出て夏に蝦夷地に着き、荷を売って買い入れを済ませ、秋が来る前に蝦夷地を発《た》ち、秋の深まる頃に大坂へ戻る。

おなつのいる輪島には、あまり帰ってこられなかった。

だから、なかなか帰ってこない人を待つことにも、おなつは慣れているつもりだったのだ。輪島の女は、船乗りの妻も漁師の妻も、そんなふうだった。いとしい人になかなか会えないことは、いっそ、ありふれているとさえ言えた。

けれど、今となってはどうにもつらい。輪島を離れ、江戸の深川で丹十郎を待つ日々は、ふとした折、不安が胸に差す。眠れない夜、夢見《ゆめみ》の悪い夜が続いたりもする。

「丹十郎さん、どこで何をしとるんやろ……」

今、丹十郎は蝦夷地のどこかにいるはずだ。いや、そろそろ江戸への旅路《たびじ》に歩を踏み出した頃だろうか。仲春《ちゅうしゅん》二月に江戸を発った丹十郎は、何事もなければ、初冬十月にこちらへ戻ってくるという約束だった。

広大な蝦夷地を隈《くま》なく歩いて地図を作るとか、そこに住まう人々を訪ねて暮らしぶりを調べるというのが、丹十郎の果《は》たすべき務めだという。松前奉行《まつまえぶぎょう》の下に属する隠《おん》密《みつ》の任だ。詳しいことは、許婚《いいなずけ》のおなつにも打ち明けられないという。

隠密の務めは、今年で二年目だ。五か年の務めを果たすことができたら、丹十郎は隠密の任から解《と》き放《はな》たれる。

決まり事に縛《しば》られたお役目だ。輪島屋《わじまや》やふるさと横丁の人々でさえも、丹十郎の居場所は明かされていない。ただ、ご公儀《こうぎ》のお役目のために遠くで働いているのだと、うっすら知らされているだけだ。

おなつは一人で秘密を抱《かか》えていなければならない。

いや、丹十郎のおおまかな居場所がわかっているだけでも、うんといい。

三年余り前、丹十郎たちの乗る弁才船が難破《なんぱ》した。それきり丹十郎の消息《しょうそく》がつかめなくなったときは、生きた心地がしないくらいに不安だった。難破の知らせを受けてから一年ほども、丹十郎は行方《ゆくえ》知れずだったのだ。

「今はもう大丈夫。行方知れずなんかじゃない。明日から十月やね。丹十郎さんは、もうすぐ帰ってくるはずや」

おなつは独《ひと》り言《ご》ちる。

不安は尽きない。ため息をつくばかりで、ちっとも眠くならない。窓を閉めて布団に入らなければとわかっているのに、手の中の文をもてあそんでは、ため息をつく。同じことを繰《く》り返している。

ふと、おなつは、隣の店の二階でも人が起きている気配があることに気がついた。

「おりょうさん、また夜更《よふ》かししとる。本を読んどるんかな。目が疲れたらますますよく見えんなんて愚痴《ぐち》をこぼすくせに、夜更かしはやめんのやから」

おなつが働く小料理屋、能登《のと》の郷土料理を出す輪島屋の隣は、九州庵《きゅうしゅうあん》という小料理屋だ。長崎の薬種《やくしゅ》問屋の大おかみ、お富祢《ふね》が営む店で、九州各地の料理を振る舞っている。

九州庵の看板娘にして料理人のおりょうは、色白のきれいな顔に眼鏡《めがね》をかけている。江戸広しといえど、二十四の若い女で眼鏡を使っているのは、おりょうくらいのものではないだろうか。なかなかの変わり者だが、医者顔負けの薬膳家《やくぜんか》でもある。

長崎は日ノ本《ひのもと》で唯一、オランダや唐土《もろこし》との商いが許された町だ。長崎にゆかりの深い九州庵には、オランダ渡りの珍《めずら》しい調度《ちょうど》がいくつも置かれている。そのうちの一つを、おなつははたと思い出した。

「そうや。西洋の時計に従うなら、一日の終わりと始まりは真夜中なんや。日の出とともに新しい一日が始まるんやなくて、時計の針が子《ね》の刻《こく》（午前〇時頃）を過ぎたら、日付が切り替わるんやって」

そんなふうに、おりょうから教わったのだ。カチ、カチ、と歯車の音が聞こえる時計は、夏も冬もきっちりと一日二十四時を刻《きざ》み続ける。

日ノ本の時の計《はか》り方では、日の出から日の入りを六つに分けて昼とし、日の入りから日の出までをまた六つに分けて夜とする。今の季節は夜が長い。なかなか夜が明けず、一日の始まりが待ち遠しいのだ。

はっとして、窓から身を乗り出して空を見た。晦日の月がどうにか見える。

ということは、そろそろ丑《うし》の刻（午前二時頃）になる頃だろう。西洋渡りの時計によるならば、すでに十月一日と言っていい。

まだ開いていない唯一の文を目の前にかざす。そわそわして眠れない、いちばん大きなわけは、この文だ。十月一日になったら開いてよい、という文。何が書かれているのか、気になっている。

「子の刻は過ぎたんやもの。もう、読んでもいいんやよね？」

手早く手燭《てしょく》に火をともす。ほのかな明かりのそばに文を近づける。

いつも以上に短い文だった。

江戸もそろそろ肌寒くなってきただろう、ということ。それから、ひとつながりの長い長い絵を描いてみたい、ということ。書かれているのはそれだけで、隅《すみ》のほうに小さな絵が添《そ》えられている。

「これだけ……？」

拍子抜《ひょうしぬ》けしてしまう。

冷えた畳《たたみ》にぺたりと座ったまま、短い文を幾度《いくど》も読んだ。丹十郎の声を思い出そうとしてみたが、話し言葉と書き言葉はまるで異なるから、何だかうまくいかない。

目を閉じて、丹十郎の笑顔を思う。声を耳に呼び起こす。

長い長い絵についていては、丹十郎が前に語っていた。弁才船に乗って商いをしていた頃のことだ。一年の仕事を終え、冬も深まる時季になって輪島に戻ってくると、商いの旅の間に見聞きしたことをおなつに教えてくれたものだ。

「大坂から輪島への帰り道で、京のお寺に寄ってお参りしたとき、襖絵《ふすまえ》が立派で、見入ってしまったんや。四枚続きの襖を使った続き物の絵で、迫力があってん。ああいう絵は、いいなあ」

「丹十郎さんも、そういう絵を描きたいんけ？」

「ああ、描いてみたい。能登の景色を描きたいんや」

「いつも見とる景色やのに？」

きょとんとするおなつに、丹十郎は笑って言った。

「ありふれとっても、きれいやから。海のほうから輪島を見たら、どんなふうだかわかるけ？　海際に広がる町と、その奥に続く山裾《やますそ》、斜面を切り開いた田んぼや畑、それから青々とした山。まんで、いい景色なんやぞ」

とても《まんで》、いい景色。丹十郎は力を込めてそう言った。

「輪島、そんなにきれいなん？」

「きれいや。それにな、きれいなのは輪島だけじゃない。やから、俺は能登のあちこちを巡《めぐ》って、出会う景色を全部描いてみたい。襖四枚に収まらないくらい、長い長い絵を描いてみたいんや」

丹十郎は目を輝《かがや》かせて語っていた。

弁才船の表司《おもてし》見習いだった丹十郎は、苫屋根《とまやね》に上《のぼ》って、船の進路を見定《みさだ》める仕事をすることも多かった。陸との距離を目で測《はか》りながら、海と岸辺のさまざまな表情をいくつも見てきたのだろう。

荒々しい波が切り立った崖《がけ》に叩《たた》きつける。あるいは、穏《おだ》やかな波が白い砂浜に打ち寄せる。季節によって、その色も様子も違った。そういう一つひとつを、長い長い絵にして描いてみたいと言っていた。

ふと、おなつは気がついた。

「この絵、もしかして……」

丹十郎からの文を急いで広げてみる。三月のぶんから順に、今しがた開いた十月のぶんまで、合わせて八通。端のほうに描かれた絵を、線がつながるように並べていく。

「ああ、やっぱり」

八通すべての文をつなげると、ひと続きの絵が出来上がった。

手燭の明かりでは暗くてよく見えない。海辺の町の絵だろうと思う。ならば、輪島の景色だろうか。それとも、能登の別の町だろうか。

「こんな仕掛けをしとったなんて」

人を喜ばせたり驚かせたりするのが、丹十郎は好きだった。とうに前髪を剃《そ》った大人なのに、いつも何か楽しいものを探している目は、子供のようにきらきらしていた。

おなつは目を凝《こ》らし、息をすることさえ忘れて、じっと絵に見入っていた。

二

江戸は深川宮川町《ふかがわみやかわちょう》の一角《いっかく》に、ふるさと横丁と呼ばれる通りがある。日ノ本各地の郷土料理を出す店が軒《のき》を連《つら》ねているので、いつの間にか、そう呼ばれるようになったのだという。

ふるさと横丁の始まりは、輪島屋と九州庵がたまたま隣同士で店を始めたことだった。それが十年前、文化八年（一八一一）だったそうだ。

輪島屋では、能登の料理を中心に、お客さんの求めがあるときには、金沢やそのほかの北陸の料理も振る舞っている。元船乗りの七兵衛《しちべえ》とその妻おせんが営む店だ。おなつは去年の春から、輪島屋に住み込んで働いている。

おなつは、北陸は能登の輪島に生まれ育った。輪島にいた頃は、山を越えた先にある隣村さえ、ずいぶん遠いように感じていた。だが、故郷を離れて江戸に出てきてみれば、北陸一円も「ご近所さん」だと思うようになった。

それはおなつひとりの感じ方ではないらしい。

越前《えちぜん》や越後《えちご》から出稼《でかせ》ぎに来たという人々が、輪島屋を訪ねてくることがある。味つけが何となく懐《なつ》かしいのだという。輪島屋でふた月ほど前に雇《やと》ったのは、越中氷見《えっちゅうひみ》出身の若者で、平八《へいはち》という。

百万もの人が暮らす江戸は、故郷とはまるで違う場所だ。そんな中にあればこそ、越前や越中や越後の人たちも、輪島を「ご近所さん」だと親しみを持ってくれる。

十月一日の朝、おなつは少し寝坊《ねぼう》してしまった。

丹十郎の文を確かめた後も、なかなか寝つけずに悶々《もんもん》としていた。ようやく眠気を感じてうとうとし始めたのは、明け方近くになってからだった。それで、起きるべき刻限《こくげん》に布団から出られなかったのだ。

「おせんさんにもおりょうさんにも心配かけてしもたわ」

仕込みの手を動かしながら、また、ため息をついてしまう。

店の表の掃除はおなつの仕事だが、今朝《けさ》はおせんが済ませてしまっていた。母よりいくつか年上のおせんには、なるたけ苦労をかけたくない。そう思ってはいるものの、結局おなつは世話を焼かれてばかりなのだ。

おせんは笑って赦《ゆる》してくれたが、おなつは申し訳なくて平謝りした。裏庭で里芋《さといも》を洗いながらそんなやり取りをしていたら、隣の九州庵から顔を出したおりょうに「無理しないことだよ」と釘《くぎ》を刺《さ》された。

「おなっちゃん、ゆうべ、眠れなかったんでしょ？　顔色がよくないよ。夜更かしは体に毒だからね」

「う、うん。でも、おりょうさんこそ……」

「あたしも夜更かししちまったけどね。書見を始めたら止まらないんだ」

おりょうはぺろりと舌を出した。

七兵衛と平八はすでに出掛けていた。夜が明けるかどうかの頃に起き出して、日本《にほん》橋《ばし》の魚河岸《うおがし》へ、魚を買いに行ったのだ。

齢《よわい》四十五の七兵衛は、かつて船乗りだった頃に右脚を痛《いた》めている。それで船を降りることになったのだ。歩くだけならどうとでもなるが、踏ん張りが利《き》かないため、荷を担《かつ》ぐとなると障《さわ》りがある。

だからこそ、平八が輪島屋で雇われたわけだった。齢二十の平八は力士《りきし》のような体つきで、見た目のとおり力持ちだ。米俵を三つも四つも軽々と担いで運ぶことができる。海辺の町、氷見の漁師の家に生まれ育ったとあって、魚の目利きもお手の物である。

「今日は何を仕入れてくるやろねえ」

おせんが言えば、おりょうはお猪口《ちょこ》を傾《かたむ》ける仕草《しぐさ》をした。

「焼酎の肴《さかな》にぴったりのお菜《さい》を作ってくださいよ。体が温まるやつもいいな」

ちょっとした呑兵衛《のんべえ》のおりょうは、輪島屋のお菜を気に入っている。九州産の焼酎に、潮《しお》の香りのする輪島屋の料理は合うのだという。

輪島は湊町《みなとまち》だから、魚や烏賊《いか》や貝、海藻を使った料理が多い。そうした海のものが長持ちするよう、じっくりと漬《つ》け込んだり寝かせたりする技も豊富だ。たくさん獲《と》れる鰯《いわし》や烏賊は、新鮮なうちに手を加えておく。鰯は、糠漬《ぬかづ》けにしたり、酢締《すじ》めにしたりする。烏賊は、はらわたを除《のぞ》いて天日《てんぴ》に干す。鰯や烏賊のはらわたは、一年余り塩漬けにして寝かせ、いしると呼ばれる魚醬《ぎょしょう》にもする。

江戸に出てきて驚かされたのは、人の多さももちろんだが、さまざまな物が手に入るという豊かさだった。

輪島だって、輪島塗やそうめんが有名だし、弁才船の商いで富を成す者もいる。決して貧《まず》しい暮らしぶりではなかったはずだが、江戸の豊かさは質《しっ》が違う。

毎日、市《いち》が立つ。魚でも青物でも、手に入らない日がない。白いお米がいつでも買える。手間暇《てまひま》をかけて料理をしなくても、お金を払ってご飯を食べられる店がたくさんある。

輪島屋もそうした店の一つだ。ふるさと横丁がにぎわうのも、遠いところから出てきた者が多い江戸ならではのことだろう。

故郷を遠く離れて江戸で暮らしているのは、出稼ぎに来た町人や百姓、漁師ばかりではない。

お武家さまが、江戸にはとても多い。江戸に生まれ育ってお城勤めをするかたがたのほかに、日ノ本各地の藩《はん》から二年に一度、お殿《との》さまが家臣団を引き連れて江戸にいらっしゃる。家臣団は江戸のご府内にある藩邸で暮らし、お勤めをすることになる。

おなつの母方の叔父、清水和之介《しみずかずのすけ》もそうで、今は江戸暮らしの身だ。御算用者《ごさんようもの》といって、藩のお金の勘定《かんじょう》を担うお役人なのだ。お殿さまやそのご家族から目をかけていただいていて、順調に出世しているらしい。

偉《えら》いお武家さまだというのに、和之介は気さくで人当たりがよい。暇ができると、ふるさと横丁にも足を運んでくれる。

「どれ、昼餉《ひるげ》を馳走《ちそう》になるぞ。土産《みやげ》を持ってきたゆえ、皆で食べておくれ」

そんなふうに笑顔でのれんをくぐって、本郷《ほんごう》から深川までの道中で買い求めたという菓子《かし》などを、おなつに手渡すのだ。

和之介の息子であり、おなつにとって従弟《いとこ》にあたる紺之丞《こんのじょう》も、今は江戸詰めである。加賀《かが》藩の上屋敷で、父とともに御算用場の仕事をしている。この任に就いたのは十三の頃だという。切れ者揃《ぞろ》いの御算用者の中でも一目置かれているそうだ。

しかし、九年ぶりに再会した紺之丞のことで、おなつは悩んでいる。

昔は愛らしかった従弟だが、今ではどうにも気難しい少年になっている。十九のおなつより三つ年下。つんとして、笑顔を見せてはくれない。おなつに対しては、ずっと怒ったような顔をして、意地悪ばかり言ってくる。

でも、まるっきり天邪鬼《あまのじゃく》というわけではない。

泣きだしそうなくらいの、ぎりぎりに張り詰めた顔を知ってしまった。

「……おなつのことが好きだ。それだけなんだ」

唐突《とうとつ》な申し出をぶつけられた。おなつに自分との縁談《えんだん》を受けてほしいというのだ。

紺之丞は、おなつが武家の娘に戻ることを望んでいる。

おなつの母のおようは、金沢《かなざわ》の足軽《あしがる》の家に生まれた。おなつの父は商人であり、二人は身分を超えて一緒になったわけだ。以来、おようは輪島の商人のおかみさんになった。

むろん、おなつも商人の娘として暮らしてきた。十《とお》の頃に金沢の清水家に招《まね》かれ、まるで武家のお嬢《じょう》さんのように暮らしたこともあるが、それっきりだと思っていた。

だが、和之介はもともと、姉のおようを武家に引き留《と》めておきたかったらしい。それができずとも、おなつを武家の養女にすることを、当時から考えていた節《ふし》がある。

おなつは夢にも思っていなかったから、紺之丞から縁談を持ちかけられたときには、ただただ驚いてしまった。

紺之丞に誘われて神田祭を見物した。そのときに、おなつは紺之丞から告《つ》げられた。

「私は、おなつを娶《めと》りたい。おなつじゃなきゃ駄目だ。江戸に来て、再び出会って、離れがたいと思った。手放したくない。ほかの誰にも渡したくない」

もちろん、おなつは紺之丞に丹十郎との約束を告げた。丹十郎の五か年の務めが終わったら、二人で輪島に帰って祝言《しゅうげん》を挙げる。だから、おなつは江戸で丹十郎の帰りを待ち続ける。その意思を、紺之丞にも伝えた。

そうしたら、紺之丞が挑《いど》みかかるように言ったのだ。

「だったら、私も待とう。いろは屋丹十郎が蝦夷地探索の任を終えて戻ってくるまで、おなつと一緒に待ってやる。だから、おなつ。そのときに選べ。私か、丹十郎か」

それでもなお紺之丞を突き放すことができればよかったのだろうか。でも、おなつにはできなかった。むしろ、紺之丞にすがりつきたいような気持ちさえあった。

寂しくて、不安で、ぐらぐらしている。

……丹十郎さんは本当に帰ってきてくれるん？ どこでどんな暮らしを送っていても、しまいにはちゃんと、あたしのことを目指してきてくれるん？

信じていたい。でも、怖くてたまらない。

半月もの間、ぐるぐると悩み続けている。このことは、誰にも何も打ち明けられずにいる。

あれっきり、紺之丞とは会っていない。叔父からは、ちょっと呑気《のんき》な文が届いたりなどする。紺之丞と和之介は、上屋敷の中にある同じ長屋で暮らしているのに、ほとんど言葉を交《か》わしもしないらしい。

丹十郎と会えない不安と、紺之丞にまつわる悩み。

きっぱりと物事を決める力があればいいのに、おなつはただ立ち尽くし、困惑《こんわく》するばかりだ。

丹十郎がもっと頻繁《ひんぱん》に文を送ってくれるなら、気持ちが落ち着くのかもしれない。

紺之丞がひどい人間なら、「あんたなんか嫌いや」と言えたのかもしれない。

でも、物事はそんなふうにわかりやすく運んでくれない。おかげで、おなつは眠れなかったり、考え事をしていたり、仕事をしていても手が止まったり。このところ、どうにもぼんやりしてしまっている。

おなつの調子がおかしいことは、もちろん、おせんも気づいている。でも、ずかずかと踏み込んでくることはなく、ときどき「どうしたんけ」と問うてくるくらいだ。答えられずにいたら、「言えるようになったら、教えてや」と笑みを向けてくれる。

ため息が癖《くせ》になってしまった。

おせんが気遣《きづか》わしげな目でおなつを見た。

「疲れとるんけ？」

おなつは無理やり微笑《ほほえ》んだ。

「大丈夫です。肌寒くなってきたら、お客さんが増えましたよね。今日から十月やし、冬に入ったってことで、また忙しくなりそう」

江戸の冬だって雪は降る。朝起きたら、あたりが真っ白になっていることもある。とはいえ、家が埋《う》もれるほどに積もるようなことはない。昼になって日が差してくると、べちゃべちゃに解けてしまう。道の脇の日陰《ひかげ》の雪だけは残ったまま、がちがちに凍《こお》るから、足を取られないように気をつけねばならない。

寒さそのものよりも、乾いた風がひどく強く吹《ふ》きつけてくることに、おなつは難儀《なんぎ》している。江戸の冬は、からからに乾いている。去年の今頃は、乾いた風に肌がやられ、喉《のど》も嗄《か》れ、指先も爪もかさかさになっていた。

今年はもう少しうまく過ごせるだろうか。いや、ちょっと怪《あや》しい。すでに手先がかさかさし始めている。喉がいがらっぽいときもある。

「冬にお客さんが増えるんは、毎年のことやよ。寒い季節には北陸や奥州《おうしゅう》の料理が温まりそうだ、なんて言って、来てくれるんや。張り合いがあっていいわ」

おせんの言うとおり、このところお客さんに喜ばれるのは、やはり煮物の類《たぐい》だ。たこと里芋を甘辛い味つけで煮っころがしにしたものは、おなつの好物でもある。大きなたこで作るのもいいが、時季がよくて手に入るなら、いいだこもおいしい。卵のこりこりとした歯ざわりがたまらない。

親鸞聖人《しんらんしょうにん》の御命日である報恩講《ほうおんこう》で振る舞われる、いとこ汁やいとこ煮。これは、親鸞聖人の好物だという小豆《あずき》と、南瓜《かぼちゃ》や豆腐などを一緒に炊《た》き合わせる料理だ。

おなつが母から教わった金沢の料理、じぶ煮を作ることも増えた。鴨《かも》などの鳥の肉と椎茸《しいたけ》と青菜、もちもちとした麩《ふ》などを、ほんのり甘い味つけで煮込み、仕上げに麦の粉を溶《と》いてとろみをつける。

「しっかりせんと」

おなつはつぶやいて、自分を励《はげ》ました。

煮物を作る台所は、優しい匂《にお》いのする湯気《ゆげ》で満たされ、暖かくなる。おなつは、冬の台所が好きだ。

三

寝坊の朝から始まった十月は、淡々と過ぎていく。気づけば、丹十郎の文を少し早めに読んでしまった日から、すでに半月ほども経《た》っていた。

いつもと変わらない朝だ。七兵衛と平八は魚河岸に出掛けた。おなつとおせん、二人で仕込みを続けているときだった。

ふと、表戸のほうから声が掛かった。

「ごめんください、輪島屋さん。ちょいと、いいかい？」

男の声だ。まだ朝も早く、店を開ける刻限ではない。それだというのに、一体誰なのだろうか。

おなつはおせんと顔を見合わせた。おせんが声を上げ、台所から出ていく。

「はぁい、何のご用でしょう？」

おなつも台所から顔だけ突き出して、訪ねてきた男の姿を確かめた。

男は、さほど大きな人ではない。身軽そうに引き締まった体つきをしている。歳《とし》は、おそらく三十くらい。声を聞いて感じたとおり、やはり知らない顔だ。

怪しい人だったらどうしよう、と不安が胸に湧《わ》き起こる。七兵衛も平八も、もうしばらく帰ってこないというのに。

輪島屋は間口が二間《けん》（約三・六メートル）で、奥行きのある造りだ。土間《どま》には四つの床几《しょうぎ》が並び、奥に小上がりを設《もう》けている。さほど広くはないものの、今はお客さんが入っていないから、がらんとしている。

男は、戸口近くの床几の上に載《の》せたのれんを見ていた。加賀ならではの染物、お国《くに》染《ぞめ》の技を持つ嘉助《かすけ》が作ってくれたのれんだ。藍色《あいいろ》の地に、鮮やかな彩《いろど》りで「輪島屋」と染め抜かれている。

おせんの前に大きな荷を下《お》ろすと、男は袂《たもと》から文を取り出した。

「ここが輪島屋さんで間違いねえようでさあね。おかみさん、あっしは響平《きょうへい》といって、馬喰町《ばくろちょう》の旅籠《はたご》で飛脚《ひきゃく》や使いっ走りをしている者でして。こちらの文と荷を輪島屋さんにお届けするよう、塗師屋《ぬしや》の高左衛門《こうざえもん》さんに頼まれてまいりやした」

おせんが明るい声を上げた。

「あら、高左衛門さまが江戸においでとるんですね」

響平から文を受け取り、さっそく開いている。

高左衛門と聞いて、おなつも台所から出ていった。おせんの隣に立って、文をのぞき込む。

手習いのお手本のように美しく読みやすい字は、高左衛門の人柄そのものだ。文は輪島屋の皆の体を気遣う言葉に始まり、高左衛門が十月中は江戸に留《とど》まることと、輪島屋への土産は乾物の海藻であることが綴《つづ》られている。

「輪島の海藻……！」

「へい、お嬢さん。あっしが担いできた荷はこのとおり、かさばっちゃいやすが、軽いんです。中身は乾物ばっかりみてえで。さもなけりゃ、あっしひとりでは運べませんや」

「ちょいと、ここで開けてみましょうか」

おせんは響平に手伝ってもらって、菰包《こもづつ》みの荷をほどいた。途端に広がる海藻の香りに、おせんは「懐かしいわ」とつぶやいた。

「輪島から遠路はるばる運んできたと聞いておりやす。何でも、江戸湊じゃあ手に入らない海藻ばっかりなんだって。冬の輪島じゃあ海藻を鍋にするんだと、高左衛門さまがおっしゃっていやした。海藻だけの鍋だなんて、珍しいもんでさあね」

高左衛門の文の末尾には、明日の昼に訪れることと、海藻鍋を仕立ててほしいということが書かれていた。

おせんは荷の中身を一つひとつ確かめながら、響平に応《こた》えた。

「輪島では年中、いろんな海藻が採れるんですよ。野菜と同じように海藻にも旬があって、特に冬場の海藻はとびっきりおいしいんです。ね、おなっちゃん」

「はい。乾物の海藻では風味や歯ざわりが劣ってしまうけれど、それでも、江戸で海藻鍋ができるのは嬉しいです。明日のお昼に間に合うように、海藻を戻しとかんといけませんね」

おなつはおのずと微笑んでいた。おせんがその笑みを確かめるような目をして、うなずいた。

高左衛門から海藻と文が届いた翌日である。

輪島屋はいつにも増して、磯《いそ》の香りに包まれている。海藻のにおいだ。ふんわりと優しくて、どこか甘く、少し生ぐさいような、独特な香り。旬の海藻を干していた輪島の風を思い起こさせるにおいだ。

乾物の海藻を水に浸《ひた》しておくと、次第に、海の中でたゆたっていた頃の姿に近づいていく。

ぎばさは、海の底で何尺もの長さに育つ。一本の長い茎《くき》に、半寸（約一・五センチメートル）ほどの幅《はば》の細長い葉がたくさんついている。波打ち際に流れ着くのを、竹《たけ》竿《ざお》にくるくると巻きつけて採るのだ。

つるもの乾物は、輪島屋にいつも備えてある。これもまた長く伸びる海藻で、束《たば》ねて輪にした形で乾かしてある。からからに乾いた藁《わら》のようにも見えるが、水を何度も替えながら戻すと色が抜け、うっすらと透《す》き通る。

「あ、お敷海苔《しきのり》もある。嬉しいわ」

「おなっちゃん、好きけ？」

「はい。炙《あぶ》ったときの香りがたまらんでしょう。ご飯に載せて食べたいわ」

「やったら、次からは船に載せて届けてもらわんか。あたしも食べたくなるがやちゃね」

「はい、楽しみにします。手に入るんやったら、ぼた海苔もほしいところですね」

ぼた海苔は、磯の岩場に生える。採れるのは冬至《とうじ》の前後のひと月足らずで、凍《こご》えるような波しぶきを浴《あ》びながら摘《つ》まねばならない。海藻鍋に入れると、何とも言えず香りがよい。海藻鍋の具の中で、おなつはぼた海苔がいちばん好きだ。

だが、江戸では手に入らない。ぼた海苔は乾物にできないのだ。

おなつがつい、しょんぼりと眉尻《まゆじり》を下げてしまったせいだろう。おせんは苦笑交じりに、おなつをなぐさめるように言った。

「輪島のぼた海苔とは違うけど、平八っちゃんに言うて、品川の岩海苔を買うてきてもらっとるしね。あおさも、きれいなのが手に入ったわ」

ぎばさとつるものほかに、かじめ、わかめの乾物も水で戻す。平八が買ってきてくれた生の海藻は、砂や小石が交じっていることもあるから丁寧に洗って、ざるに開ける。

「ぎばさは、酢味噌和《あ》えですよね。これも久しぶりや。こうやって乾物を使うたら、海藻鍋、江戸でも作れるんですね」

「できるんやねえ。これだけたくさん届けてもらえたしね。今日は大盤振る舞いやよ」

江戸は独り身の者が多い。殊《こと》に独り身の男は、自分で料理をこしらえるより、外で食べることが少なくない。寒い季節には、小料理屋や居酒屋で一人ぶんの小さな鍋が振る舞われる。

輪島屋にも、二、三人で囲むのにちょうどよいくらいの鍋がいくつも備えてある。今日の昼餉は、ゆっくりしていけるお客さんには、海藻鍋を出すつもりだ。ほどよいことに、どんより曇《くも》って肌寒い。鍋をつつくのにもってこいだ。

昼四つ半（午前十一時頃）を待ちきれず、早々にのれんを出してほどなくして、高左衛門が輪島屋を訪れた。

「邪魔するよ。皆、達者でやっとったかいね？」

「高左衛門さま！　お待ちしとったんですよ」

おなつは、高左衛門の変わらぬ穏やかな笑顔に、ほっと胸が温かくなった。

塗師屋の高左衛門は、十数人の職人を抱える大店《おおだな》、船本屋《ふなもとや》の主《あるじ》だ。みずから江戸の得意先へ品を届け、注文をとって輪島に戻り、次の年に届けるべき品を作る。そうやって長年過ごしてきた。

「運んできた海藻は、使い物になったけ？」

「はい、きれいな海藻ばかりです。ありがとうございます。海藻鍋の下ごしらえも、もうできとります。どうぞお座りになってください」

「うむ、ありがとう。旅の間、輪島屋の料理を楽しみにしとったんやぞ」

高左衛門は一人ではなかった。奥の小上がりへと歩を進めながら、戸口のほうを振り向いて手招きをする。

少し間があった。それからおずおずと店に入ってきた人の姿に、おなつは、あっと声を上げた。

「玄《げん》兄ちゃん！」

船本屋の末っ子、玄太《げんた》である。おなつより五つ年上だから、今は二十四だ。歳は少し離れているが、幼い頃から親しくしてもらっていた。玄太は丹十郎と馬が合い、よく一緒にいたのだ。

「これからは玄太が儂《わし》のかわりに江戸に来るさけ。輪島にいた頃と同じように、仲良くしてやってくだし」

高左衛門の言葉を受けて、玄太は小さく微笑んだ。

江戸までの旅を経《へ》て、玄太の肌は日に焼けている。硬く締まった印象の体つきは、父の高左衛門にそっくりだ。顔立ちは母のほうに似て、観音《かんのん》さまのように優しい。それゆえ、痛めた左目を手ぬぐいで覆《おお》っているのが、妙《みょう》に人目を惹《ひ》いてしまうかもしれない。

玄太は、低く穏やかな声で言った。

「おなっちゃん、久しぶりやね。元気……には、あまり見えんな。ちゃんと眠っとるんけ？　少し瘦《や》せたんやないか？」

相変わらずだ。ちょっと心配症だと言えるくらい、玄太はまわりの人のことを気遣うのだ。おなつは、思わず頰《ほお》に手を当てた。

「やつれたかね？　また今年もちょっこし肌が荒れてきとるし」

「江戸で暮らすようになって一年半やったっけ。まだ苦労しとるんじゃないが？」

「そうやね。やっぱり、どこ行っても人が多いさけ、いまだにびっくりすることばっかりやよ。輪島とは違うわ」

「すっかり垢抜《あかぬ》けた江戸娘になっとったらどうしようかと思っとったんや。ちょっこし、ほっとしたわ」

おなつもまた、ほっとして笑った。

玄太は昔からこんなふうだ。人を否《いな》むことがない。おなつがおてんばなことをすれば、元気やなと誉《ほ》めてくれた。浄 明寺《じょうみょうじ》の境内《けいだい》を巡る肝試《きもだめ》しが怖くて泣いてしまったときは、俺もこういうのは怖いんや、と秘密を打ち明ける口ぶりで言ってくれた。

今しがただって、もしもおなつが江戸の色に染まっていたら、垢抜けてきれいになったな、さすがやな、みたいな言葉を選んだに違いない。

「玄兄ちゃんも変わらんよね。話しとったら、ほっとする」

「そんならよかった。丹ちゃんからの便《たよ》りはあるんけ？」

「ないよ。ほんでも、今月のうちには江戸に戻ってくるはず。玄兄ちゃんたち、今月は江戸におるんやよね？」

「そのつもりや。丹ちゃんと会えたらいいんやけど」

玄太はゆったりとしゃべる。昔から口数は多くなかった。

子供の頃にかまってもらっていたといっても、駆《か》け回ったり騒《さわ》いだりした思い出はない。玄太が黙々と木を削《けず》って椀《わん》を作ったり、小さな阿弥陀《あみだ》さまを彫《ほ》ったりするそばで、丹十郎も黙々と絵を描いていた。おなつはそこにくっついていただけだ。

そう、そんな二人の姿を見とるのが、あたしは好きやったんや。

丹十郎の筆が白い紙に、玄太の小刀が木っ端《こば》に、それぞれ特別な命を吹き込んでいくかのように見えた。二人の手元を眺《なが》めているのが好きだった。じっと見ていても、ちっとも飽《あ》きなかった。

でも、丹十郎も玄太もしきりに「おなっちゃん、退屈やろ?」と訊《き》いてくるのだ。それで気を遣われても困るから、おなつは二人のそばで針仕事をするようにしていた。それで、針を動かすふりをしながら、こっそり二人の手元を眺めていた。

からりと音を立てて、再び表戸が開いた。

「いらっしゃいませ」

皆の目が、ぱっとそちらへ向かう。

のれんをくぐって入ってきたのは、昨日ここへ海藻を届けに来た飛脚の響平だ。高左衛門や玄太を前に、にこりと人懐っこい笑みを浮かべる。

「昨日、高左衛門さまから聞いた海藻鍋ってやつがいかにもうまそうで、気になっちまいやして、馬喰町からひとっ走り、食いに来やした」

馬喰町というと、両国橋《りょうごくばし》の西詰めのあたりだ。深川宮川町のふるさと横丁まで、一里（約四キロメートル）近くあるだろう。仕事のついでならまだしも、昼餉のためにわざわざ足を運んでくれるなんて、ありがたいことだ。

「どうぞ、お掛けんなってください」

おせんが響平に告げると、高左衛門が奥の小上がりから手招きした。

「響平さん、こっちへどうぞ。火鉢《ひばち》に当たりながら、一緒に食べましょう」

「へい、ありがとうござえやす」

おなつはおせんとともに台所へ戻った。

能登の冬の名物料理、海藻鍋は、粕汁《かすじる》仕立ての出汁《だし》に海藻をさっとくぐらせて食べるというものだ。旬の海藻の、素朴《そぼく》にして豊かな味わいが楽しめる。粕汁の味を調《ととの》えるのに、おせんはいしるを加えた。

いしるは、鰯や烏賊などのはらわたからつくる魚醬で、輪島の料理には欠かせない。独特のにおいがするのだが、大豆からつくる醬油とは違った滋味がある。このくさみが癖になる、と通ってくれるお客さんも少なくない。

おせんが出汁を温めている間に、おなつは三人前の海藻を皿に盛りつけていく。

「冬が来ましたね」

「本当やね」

海藻の香りが、冬の輪島の景色をおなつの脳裏に呼び起こす。

激しく打ち寄せる波が岩瀬で掻《か》き混ぜられると、波の花と呼ばれる白い泡がそこかしこに咲く。波の花は、荒海の上を漂《ただよ》っては打ち寄せ、風にさらわれては舞い上がる。鈍色《にびいろ》を帯びた海に、白波が牙《きば》を剝《む》く。ごうごうと海鳴《うみな》りがする。山のほうは雪が積もっていて、風が駆け抜けるたびに凄《すさ》まじい唸《うな》りが上がる。

冬は、厳しい季節だ。とても船は出せない。陸の旅路もしばしば雪によってふさがれてしまい、街道沿いの村との行き来も容易ではなくなる。

だからこそ、待ち遠しい季節でもあった。冬は、十四で船乗りになった丹十郎が帰ってくる季節だった。もちろんほかの船乗りも、器《うつわ》の行商に出掛けていた塗師屋も、冬には輪島に戻ってくる。年越しには皆が揃《そろ》うのだ。

ふと、裏口から声がした。

「今、戻ったわ」

七兵衛である。今朝は魚河岸から戻ってきた後、ふるさと横丁の寄り合いに行っていたのだ。それこそ冬に備えての、火の用心に関する取り決めを確かめる場だ、と言っていた。

店に出た七兵衛は、さっそく高左衛門と嬉しそうにあいさつを交わし、ここへ来るのが初めての玄太に「江戸は遠かったやろう」とねぎらいの言葉を掛ける。

おなつは小鉢にお菜を盛りながら、おせんの手元の鍋を見やった。煮え立つまで、あと少しだろう。

「火鉢を早めに出しておいてよかったですね。おかげで今日、海藻鍋をお客さんにお出しできるもの」

「早めにゆうても、江戸ではこたつ開きの日が決まっとるやろ。十月の初亥《はつい》の日は武家のこたつ開きで、町人は二の亥の日や。二の亥はもうちょっこし先やけど、炭団《たどん》売りはもう忙しそうにしとるよ」

輪島育ちのおなつたちにとって、江戸の冬はまだ寒くない。それでも、寒がりなお客さんも少なくないから、九州庵の面々に助言されたとおり、町人のこたつ開きに幾日か先んじて、火鉢を出しておいた。

今年の初亥の日は十月十日だった。十月の初亥の日といえば、玄猪《げんちょ》のお祝いをする日でもある。子だくさんな猪《いのしし》になぞらえて多産と安産を願ったり、秋の実りに感謝したりするのだ。

江戸では玄猪のお祝いに亥の子餅と呼ばれる牡丹餅《ぼたもち》を作って、亥の刻（午後十時頃）に食べる習《なら》わしがある。

今年はおなつもおりょうに誘われて、ふるさと横丁の女衆と一緒に、きな粉や小豆餡《あん》の亥の子餅をたくさんこしらえた。亥の刻には、おせんや七兵衛とともに亥の子餅をいただいた。

やがて、粕汁仕立ての出汁がふつふつと煮立ってきた。

「そろそろよさそうやね。運ばんけ」

「はい」

おせんが鍋を、おなつが海藻の皿を持って台所を出ると、高左衛門たちは顔をほころばせ、おお、と歓声を上げてくれた。

四

昼餉の刻限にはまだ早いからか、高左衛門たちのほかに、客の訪れはない。

鰯の一夜干しを焼いたのと、たくあんのふるさと煮、かぶらのいしる漬け、ぎばさの酢味噌和え、白いご飯を高左衛門たちに供したところで、おなつもおせんも台所を出て、皆の集まる小上がりの縁に腰掛けた。

「お味、いかがですか？」

おなつが問うと、目を輝かせて真っ先に答えたのは響平だった。

「うまいです！　この粕汁、体が温まりますさあ。海藻もいろんなのがあるもんですね。岩海苔は歯ごたえがおもしれえ。あっしは、かじめってやつも好きです。癖《くせ》がなくて、優しい味ですね。うまいです」

七兵衛が苦笑した。

「気に入ってもらえてようござんした。しかし、採ってきたばっかりの生のかじめは、ねばりがあって歯ごたえもよくて、それなりに癖が強い海藻なんでさあ」

「いっぺん干して乾かしたから、変わっちまったってことですか？　ねばねばしてんのか。そいつもうまそうですね」

「生のかじめはね、もとはくすんだ茶色なのに、出汁にくぐらせたら、さっと緑色になって、その鮮やかさがまた食欲を誘うんですよ。そういうのをお客さんにも食べさせてやりてえところだが」

高左衛門もまた苦笑して、かぶりを振った。

「輪島でなければ手に入らんからな」

玄太が静かな声で言った。

「でも、乾物とはいっても、懐かしい風味だ。江戸までの旅の間、食べ慣れんものばかり口にしとったから、この海藻鍋が身にしみる。うまいな。荷がかさばったが、担いできてよかった。江戸の人にも食べてもらえて、よかった」

なるたけ輪島の言葉を使わず江戸の言葉に寄せるようにしていても、玄太の語り口には、ゆったりと波打つような独特の抑揚《よくよう》がある。ゆすり調と呼ばれるそれは、北陸一円の訛《なま》りの特徴だという。

高左衛門がおせんを手招きすると、紙包みを二つ差し出した。

「土産があるんや。開けてみまし」

「まあ。海藻もたくさん持ってきていただいたのに。ありがとうございます。おなっちゃん、こっちを開けとくれ」

おなつは土産の片方をおせんから受け取り、紙包みをほどいた。飴色《あめいろ》の丸いものが二つ現れ、途端に柚子《ゆず》の香りが鼻をくすぐる。

「丸柚餅子《まるゆべし》ですね。わあ、久しぶりに見ました」

響平が身を乗り出し、目を丸くしている。

「そいつは何ですかい？　いい匂いがしてきやしたが」

「丸柚餅子ゆうて、中身をくりぬいた柚子に、もち米と砂糖を合わせて入れて、何度も蒸《む》したり乾かしたりを繰《く》り返して作るお菓子なんです。日持ちがするから、塗師屋さんは輪島塗の器と一緒に、お客さんのところへのお土産にするんですよね？」

おなつが確かめると、高左衛門と玄太が同時にうなずいた。高左衛門が人差し指を口の前に立て、いたずらっぽい笑みを浮かべてみせる。

「輪島育ちのおなつでも、丸柚餅子を口にすることはあまりなかったやろう？　たくさんは持ってこられんかったさけな。これは、今ここにおる者《もん》だけでこっそり食べたらいいわ」

「あら、ほんなら、食べそこねた平八っちゃんがすねてしまうかも。輪島屋に一人、男手が入ったんです。高左衛門さま、会ったことはありませんよね」

「話には聞いとったよ。越中氷見に生まれ育った力持ちの若者やそうやな。それでは、一つはここにおる響平さんにも振る舞って、もう一つは後で平八さんたちと食べまし」

響平が慌てた様子で、顔の前で手を振った。

「あっしはそんな、上等なお菓子をいただけるような大層なもんじゃありやせん。もったいねえことでさあ」

七兵衛がその肩を叩いた。

「もったいねえなんて言いなさんな。運がいいと思ってくだせえや。昼餉があらかた終わる頃に、切ってお出ししやしょう」

「あ、ありがとうごぜえやす。嬉しいな。今日はいい日だ」

おせんは、高左衛門から受け取ったもう一つの紙包みを開いた。じゃらり、と音がした。おせんが丸い目をますます丸く見張る。

「箸？　これ、ひょっとして、輪島塗の箸ですか？」

「ああ。試しに使ってみてくれんけ。輪島塗といったら、気取った値打ち物やと感じる人もおる、というようなことを言っとったやろう。この箸は、気取らっとらん姿に仕上げたつもりや」

「何膳あるんです？　こんなにたくさん、受け取ってしもていいんですか？」

「おまえさんにこれを届けるために、江戸まで来たんやぞ。輪島屋に馴染《なじ》む品になっとればいいんやが、どうやろうか。手の大きな者《もん》、小さな者《もん》、いろんな人がおる。それぞれに使いやすいよう、長さや太さが違うものこしらえてみたんや」

　高左衛門が持ってきた箸は、弁柄色《べんがらいろ》よりもくすんだ、木肌そのものにも似た色合いに塗られている。朴訥《ぼくとつ》な色味だ。箸の頭のところにだけ、鮮やかな弁柄色や引き締まった黒色で線や模様が入れられている。その模様を目印に、どの箸が組になるかがわかるようになっているのだ。

「こんな色の塗り物もできるがですね。いい色やわ」

「気に入ってくれたけ？」

「もちろんです、高左衛門さま」

「丈夫で長持ちする箸やぞ。輪島屋が受け取ってくれるなら、玄太の塗師屋としての初めての仕事と言ってよい。こたび、こうして運んできたのは、輪島屋の箸だけなんやからな」

輪島の塗師屋は、春から夏にかけて、客先から取ってきた注文のとおりに品物を作る。秋頃に品物が出来上がると、それをみずから客先へ届けに行き、次の年の注文を取ってきて、年を越す前に輪島に戻る。客先への旅に出ることを「場所へ行く」という。

高左衛門は五十八だ。陸路をはるばる旅する塗師屋としては、すでに老齢《ろうれい》の域にある。塗師屋の仕事は息子たちに引き継ぎ、これからは隠居暮らしを楽しむと宣言している。

玄太は父の言葉にうなずきながら、黙《だま》って微笑んでいる。左目の上に巻いた手ぬぐいの白さが、おなつには、何だか痛々しいように感じられた。

おせんは箸の束を胸にそっと抱きしめ、台所へ引っ込んでいった。大切な贈り物だからこそ、すぐにも使えるようにしたいのだ。

七兵衛は丸柚餅子を持って、おせんの後を追っていった。さっき響平に告げたとおり、頃合いを見て、出してくれるつもりなのだろう。

おなつも座を立った。

「玄兄ちゃん、響平さん、ご飯のお代わりはいかがですか？」

「俺はいい」

「あっしも米は十分でさあ。米の飯よりも、輪島のお菜で腹を膨《ふく》らませてえんです。海藻鍋もかぶらの漬物もうめえ。食いすぎちまいそうだ」

「そう言っていただけると嬉しいです」

こそばゆい気持ちになって、おなつはそそくさと小上がりを離れた。台所の仕事を手伝うことにしよう。

と、玄太が小上がりを離れ、おなつを追いかけてきた。

「おなっちゃん、俺からおなっちゃんにも土産があるんや。これ」

差し出されているのは、一本の簪《かんざし》だ。平《ひら》打ち簪といって、棒の頭に平たい飾りがついている。棒は銀でできているが、飾りは塗り物だ。弁柄色の地に、流水と桜と紅葉が描かれている。春と秋がともにある「桜楓《おうふう》」の文様《もんよう》は、いつの季節にも使えるものだ。

簪を受け取りながら、玄太の顔を見上げる。

「ありがとう、玄兄ちゃん。あの、これって、もしかして……」

「塗も沈金《ちんきん》も、俺がしたんや。ほやし、ちょっこし歪《ゆが》んどるかもしれん。実は、左目がちゃんとしとった頃に途中まで作っとったんや。おなっちゃんの簪を作ろうって言い出したのは丹ちゃんやった」

「ほんなら、玄兄ちゃんと丹十郎さんの二人で作ってくれたってこと？」

「ああ。下絵は丹ちゃんや。やから、流水と桜楓の配置が絶妙やろ？　その先は俺の仕事やったんやけど、うだうだしとるうちに、時ばかり経ってしもた。やっと仕上げることができたから、もらってくれんけ。職人としての、俺の最後の仕事や」

おなつは、手の中の簪を見下ろした。

歪んでなんかいない。柔らかな線を描く流水紋《もん》も、咲き誇《ほこ》る桜も愛らしい形の紅葉も、見事な沈金で表されている。漆《うるし》を塗り、文様を彫り、そこに金を埋めるところまで、玄太が一人で挑んだ。どれほど時がかかったのだろうか。

輪島塗は、各工程を別々の職人が手掛けている。ただ、職人の中には、別の工程の技にも関心を持ち、学びに行く者もいる。

玄太がまさにそうだった。物静かなたたずまいの奥に、ものづくりにかける凄まじい熱を秘《ひ》めていて、輪島塗のことなら何でも知りたがっていた。難しい技にも挑んで学び、すべて身につけようとしていた。

おなつは唇をぎゅっと嚙《か》みしめた。顔を上げ、玄太の一つきりの目を見上げる。

「玄兄ちゃん、本当に塗師屋になるんやね」

「ああ、腹を括《くく》った。これから毎年、江戸に出てくる。こたびは親父と一緒に、得意先へのあいさつ回りをするんや。そこで注文を受けて、輪島に持ち帰って、来年からは俺ひとりで江戸に来る。輪島屋にもちょくちょく世話になるやろう」

玄太にしては早口で、あまりにもよどみなく言い切った。

きっと、これまでに何回も何十回も、同じことを自分に語り聞かせてきたのだろう。すっかり覚えて、すらすらと口から出ていくくらいに、繰り返してきたのだ。

もともと玄太は職人になろうとしていた。兄たちのように如才なくしゃべることはできないが、手先が器用で根気強い。職人向きの気性と力を併《あわ》せ持っていた。

ところが、三年前の春である。工房でひと騒動起こった。

職人同士の喧嘩《けんか》が起こり、玄太が止めに入ったらしい、というのを、おなつは初めに聞いた。いや、実は玄太が別の職人と喧嘩をしたらしい、と次に聞いた。信じられずにいたら、玄太が一人でいたときに、転《ころ》んだ弾みで筆が左目に入ったのだ、という話も耳に届いた。

結局のところ、確かなことはわからなかった。噂《うわさ》があっという間に広がってしまう輪島においては、何が起こったかが明るみに出ないなんて、きわめて珍しい。

何にせよ咎《とが》めを受けた人はおらず、ただ、玄太の左目からは光が失われた。筆か何かで目玉を引っ掻いて傷がついたところへ、漆の液が入った。傷口はひどくかぶれて腫《は》れ上がった。腫れが引いた後も、その目は再び見えるようにはならなかった。

片目でも、玄太は塗り物の仕事を続けようとした。だが、手元がまっすぐに定まらない。狙《ねら》いを定めたところに筆を下ろすことができない。

幾日も工房にこもり、試行錯誤を続け、そしてついに玄太は投げ出した。職人の道は閉ざされた。

以来、玄太は半年余りもふさぎ込んでいた。弁才船が輪島に立ち寄ったとき、丹十郎が懸命に励ましていたのだが、その声も玄太には届かないようだった。

「あれっきり、丹ちゃんに会えとらん。俺は丹ちゃんを突っぱねてしまったっきりや。そのことをずっと悔いとった」

玄太が左目を損《そこ》ねてふさいでいた頃に、丹十郎たちの乗った船は難破した。壊れた船と大方の者は秋田《あきた》藩の能代《のしろ》に流れ着いて救われたが、丹十郎は行方知れずになった。

それから一年以上もの間、丹十郎の消息はわからないままだった。

丹十郎の無事を祈って、すがる思いで住吉宮《すみよしぐう》に日参していたとき、おなつは玄太と会った。玄太はすっかりやつれていたが、左目を隠すように手ぬぐいを巻いた顔には、穏やかな笑みが戻ってきていた。

「おなっちゃんにもずいぶん心配かけてしもうたな。俺はもう、大丈夫や。だらしないままではおられんからな。丹ちゃんがいつ帰ってきてもいいように、俺も前を向いておきたいんや」

あのときの噛みしめるような玄太の言葉を、そのひそやかで熱い響きを、おなつははっきりと覚えている。

自分のためではなく、友を思えばこそ、奮《ふる》い立つことができる。玄太はそういう人なのだ。

藪《やぶ》から棒に玄太が言った。

「それにしても、おなっちゃんはすごいなあ」

おなつはびっくりした。

「すごいって、何が？」

「輪島から江戸まで歩いてみて、遠いなと思ったわ。こんな道をおなっちゃんが歩いたんやなと、改めて驚いた。親父と一緒やったとはいえ、やっぱり大変やったやろう？」

「実は、そのときはとにかく必死で、あんまり覚えとらんの。高左衛門さまに頼りきりで、あたしはただ、前へ前へ進むことだけ考えとった」

あれほど一心に何かを成したのは、後にも先にもなかった。江戸に出てきてからのほうが、悩んだり迷ったりして、後ろ向きになってうじうじしている。

紺之丞のことが、また頭をよぎる。おなつの心は決まっているはずなのに、紺之丞の申し出をその場で断ることができなかった。

おなつは丹十郎が帰ってくることを信じている。いや、信じていたい。だが、必ず帰ってくるとも限らない。それほどに危《あや》ういお役目なのだと、丹十郎からも聞かされている。だから、すがりついていいと誰かに言われたら、心が揺らいでしまう。

自分のずるさにうんざりする。

ああ、そうだ。自分のことが嫌になっている。そのせいで心がふさぐのだ。何をしていても、こんな自分が笑ったり、誰かに誉められたり、必要だと求められたりなんかして、いいはずがない。そう感じてしまう。

「玄兄ちゃんこそ、すごいわ。どうして腹を括ることができたんけ？　玄兄ちゃんにとって、塗師屋になるやなんて、大きな決断やったでしょう？」

小さくかぶりを振りながら、玄太は微笑んだ。

「すごくなんかない。塗師屋として生きていくために腹を決めた、というわけじゃないんやよ。別のわけがあるから、この道を進むことにしただけや。すっかり腹が決まっとるとは、まだ言えん」

「別のわけって？」

「江戸に行けるんやったら俺がやりたいと、兄貴たちに掛け合ったんや。場所へ行く先がほかならぬ江戸やったら、俺は塗師屋になる、とな」

「どうして江戸なん？」

「丹ちゃんの消息を真っ先に知れるのが江戸やから。うまくすれば、冬に江戸に戻ってくる丹ちゃんと会えるんやないか。顔を合わせて、俺はそれなりに元気にやっとると言えるかもしれん。それにな、江戸にはおなっちゃんがおる」

玄太は、おなつを見つめている。少し首をかしげるようにしているのは、右目でまっすぐに相手を見つめるためだ。

　おなつの手の中に、輪島塗の箸がある。丹十郎が下絵を描いて、玄太が仕上げてくれた箸だ。

　塗り物はただでさえ手間暇がかかるのに、今の玄太にとってはなおさらだろう。おなつのために、大変な苦労をしてくれた。こんなに素敵なものを、輪島からはるばる届けてくれた。

「玄兄ちゃん、教えて。どうしたら、そんなふうに強くなれるん？　あたし、近頃、いろんなことが不安で、どうしていいかわからんで……」

「丹ちゃんと会えんのがつらいんか？」

　おなつはうなずいた。不安でたまらない。でも、それだけとも言えない。心が揺れているせいで、足下までぐらぐらするみたいだ。どうやってこの先へ歩いていけばいいのか、わからなくなっている。

　玄太は静かな目をしておなつの言葉を待ってくれている。

　話してしまっていいのだろうか？　でも、話したところでどうなるというのだろう？

いや、玄兄ちゃんなら、いいかもしれない。優しくて口が堅い。それに、普段は江戸にいるわけではないから、打ち明け話をするのもちょっと気が楽かもしれない。

おなつは迷いながら、小声で告げた。

「母方の叔父と従弟がお勤めのために江戸に出てきとって、ときどき輪島屋にも来てくれるの。それで、改めてお話しして、あの……お武家さまって、やっぱり難しいね。お家柄や血筋のことで、ちょっこし話をしたんやけど、ええと……」

「おなっちゃんの叔父さんっちゅうと、金沢の御算用場のお役人やったっけ。清水さま、やったか」

「覚えとるんやね。そう、和之介叔父さまは御算用者の清水家の養子に入って、出世なさっとるの。今は江戸の本郷にある上屋敷にお勤めで、従弟の紺之丞さまも同じ御算用者として働いとる」

「従弟さんも？　すごいな。おなっちゃんより年下やろう？」

「あたしより三つも下。十六なんやよ。十三の頃に、お役人になるための試験に通ったから、すぐに元服してお勤めに出始めたんやって」

「それはまた、大した秀才やな。御算用者は、つまり加賀藩の大福帳《だいふくちょう》を預かるというお役目やろ？　うちの店で扱う金でも目が回るような額《がく》やと思っとったんに、藩の大福帳となると凄まじいな。よほどの切れ者なんやな」

おなつはうなずいた。

いつの間にか、高左衛門と響平はずいぶん打ち解けたようだ。飛脚の響平は江戸の名所や近隣の宿場について詳しいらしく、高左衛門に話をねだられている。

「あ、高左衛門さまはお仕事でいらしたってんじゃあないんですね。そんなら、何でもできまさあね。品川宿には行ったことがおありで？」

「仕事で呼ばれたことならあるが、名所の見物はできなんだ。ああ、そうやそうや。ちょっとした旅を楽しむなら、品川宿の先の川崎大師にもお参りと見物に行かんとな」

「川崎のお大師さんもいいですよ。門前が大にぎわいで、毎日が祭りみてえなんです。川崎宿には、奈良茶飯が食える店もありやすよ。ちょいと珍しいでしょ？」

七兵衛が、切った丸柚餅子と酒のちろりを持って、台所から出てきた。香りのよい丸柚餅子は、菓子としてお茶と一緒にいただいてもいいが、甘苦くこなれたその味わいは、酒にもよく合うらしい。

高左衛門が嬉しそうにお猪口を受け取っている。昼間から酒を飲むなんて、今までの高左衛門は一度もなかった。塗師屋の仕事を完璧にこなすために気を張っていたのだ。

「何やら楽しそうやね。高左衛門さま、今日はよく笑ってらっしゃる」

「俺が駄々《だだ》をこねずに江戸に出てきたから、ほっとしとるんやろう。得意先へのあいさつ回りが明日から始まるから、親父にとってそれが最後のひと仕事ということになるんかな」

「高左衛門さまは、これからはどうなさるん？　輪島でゆっくりされるおつもりやろうか？」

「いや、足腰がしっかりしとるうちは、物見遊山《ものみゆさん》の旅をしたいそうや。兄貴たちの得意先についていって、神仏にお参りしたり、温泉に入ったりするつもりらしい」

「さすがやわ。高左衛門さまのことやから、行く先々で、やっぱりお仕事をしてしまいそう」

「違いない。新しい得意先を見つけたんやぞ、なんて言ってな。それで俺たちの仕事が増えてしまうんや」

おなつはくすくすと笑った。そうしたら、少しだけ肩の力が抜けた。

「高左衛門さまも玄兄ちゃんたちも働き者やね。あたしも見習わんと。うじうじ悩んで手元がお留守になっとるようじゃ駄目やもん」

呼吸ひとつぶんの間を置いて、玄太が言った。

「俺でよけりゃ、また話を聞きに来るよ。親父が相手じゃ話せんことも、俺なら聞いてあげられるかもしれん」

「……いいの？」

「ああ。おなっちゃんが一人で抱えきれんこと、丹ちゃんのことでも何でも、話せるだけ話してくれていい。それで荷が軽くなるなら」

せっかく笑ったところだったのに、また、ため息が戻ってきてしまう。本当に、近頃のおなつはぐらついてばかりなのだ。

「玄兄ちゃん、ありがとう。あたしも話したい。うまく考えがまとまらんで、ちゃんとした言葉にならんかもしれんけど。今、あたし、おせんさんたちにも心配をかけっぱなしなんやよね。自分が情《なさ》けないわ」

「悩んで立ち止まってしまうことは、誰にでもあるよ。おなっちゃんは、今がそのときなんやろう。前に進むきっかけに気づけたら、少し楽になるはずや」

「玄兄ちゃんもそう？　立ち止まっとったとき、何か、一歩前に踏み出すためのきっかけがあったん？」

ああ、と玄太はうなずいた。

「片目を失って、すっかり道が見えなくなった。あのときはつらかった。望みを絶《た》たれると、人は弱いな。呼吸の仕方すら、わからなくなっとった。ほやけど、弱くとも、人はしぶといもんやよ。別の道を見出《みいだ》して、再びどうにか歩き出せもするんや」

「あたしにもできるやろうか？　あたしは玄兄ちゃんとは違って、あいまいなんやよ。中途半端なところでふらふらして、迷っとる。あたし、どうしたらいいんやろう？」

打ち明けたいのに、やはり何も言えない。そういうところもあいまいで、中途半端だ。地に足がついていない。

根掘り葉掘り事情を訊くことなどせず、玄太は静かな声で、おなつの問いにだけ答えた。

「がむしゃら《がむしゃら》になってみたらどうやろ？　目の前の仕事をこなすのに精いっぱい《っぱ》いやったら、余計なことを考えずに済む。おなっちゃんは今、自分自身との問答を繰り返して、答えが出せんで、苦しんでしまうんやろう?」

「自分自身との問答。そうやね。自分の中に深く潜《もぐ》って、あれこれ考えとるうちに、息ができなくなってくる。浮かび上がる方法がわからんで、溺《おぼ》れてしまう。苦しくなってくるの」

「ぱあっと遊んで気分が晴れるという人もおるけど、おなっちゃんは俺と同じで、ぱあっとなんてできんやろ?」

「できん」

遊びに行こうよ、と、九州庵のおりょうをはじめ、ふるさと横丁の面々から誘ってもらう。だが、どうにも心が弾まない。無理して出掛けてみても、顔に出てしまう。まわりの皆に、かえって気を遣わせてしまうのだ。

「やったら、仕事に打ち込むことや。俺は、この目が駄目んなって落ち込んだ。丹ちゃんがいなくなったのもこたえた。そこから這《は》い上がることができたのは、先に塗師屋の修業をしとった兄貴たちから、そろばんでしごかれたおかげやな」

「しごかれたの?」

「ああ。有無を言わさずやらされた。そろばんだけじゃなく、果ては算術の教本まで持ち出して、とにかく数というものに慣れろ、とな」

「大変やったやろ？　玄兄ちゃん、そろばん苦手って、子供の頃に言っとったもん」

「まあな。でも、そのくらい大変なんがちょうどよかったみたいや。そろばんやら算術やら、がむしゃら《がっぱ》になってやっとるうちに、気づいたら、朝起きられるようになっとった。暗くなったら眠くなる。腹が減って、飯が食える。そんなふうに、体がもとに戻っとった」

　玄太は静かに語りながら、そろばんを弾《はじ》く仕草をしていた。おなつは、見るともなしに、その指の動きを目で追っていた。

　かつての玄太の手は、爪の際が漆で黒くなっていた。職人の手をしていたのが、今ではその名残《なごり》も見受けられない。玄太が新しい道を歩んでいる証《あかし》だ。

「あたしも、もっと一生懸命になったらいいんかな。何もかも忘れるくらい、忙しく働いとったらいい？」

「今はな。でも、そうじゃないときもある。人に話を聞いてもらったほうがいいとき。そういうときは、江戸に俺がいるんやったら、すぐに呼び出してくれ」

「いいんけ？　仕事の邪魔にならん？」

「おなっちゃんの頼みなら、何でも聞きたいところやな。力になりたいし。おなっちゃんの悩み事の根っこには、いつだって、丹ちゃんのことがあるんやろう?」

「……うん」

「だったら、俺がいちばんいい。俺は、おなっちゃんのことも丹ちゃんのことも、ずっと昔から知っとる。いつでも、二人まとめて見守ってきたしな。二人が一緒になって幸せな道を歩んでいくんや、何者も邪魔なんかできないんやって、ずっと信じてきた……そう信じるしかなかったから。今頃どこにおるんやろうな、丹ちゃん」

そう言って、玄太は遠くを見る目をした。

丹十郎の務めは隠密のものだ。幼馴染みの玄太も、蝦夷地にいることを告げられてはいないらしい。

ただ、冬に江戸に戻ってきて、年を越したらまた出掛けていく、とだけ知っている。五年の務めで、これが二年目だというのも知っている。無事に戻ってくるかどうかわからないことも、きっと察している。

玄太の目には、切実な寂しさが宿《やど》っている。

ふと、おなつは気になったことがあって問うてみた。

なずいた。
ちょっとの間、すっかり動きを止めていた玄太は、ふうと息をつくと、苦笑してう
間が落ちた。
「玄兄ちゃんは、今も一人なん？」

「独り身や。誰かと所帯《しょたい》を持つとか、そういう縁はないな。あったためしがない」

「嘘。玄兄ちゃん、けっこう持てるはずやよ。好《す》いた人はおらんの？」

「おらんと言っとくわ。何にせよ、惚《ほ》れた腫れたの縁は、今は、本当にないんやよ。店は一番上の兄貴が継《つ》ぐ。職人でもなくなったから、我が子を弟子にして技を残したいという望みも消えた。俺が所帯を持つことは、まあ……ないやろうな。なくていいわ」

少しあいまいな口調だった。言いよどむそぶりでもあった。珍しい。口数が多くないぶん、発する言葉には確たる思いを込める。そんな話し方をする人なのに。

「今は縁がないっていうことは、前は好いた人がおったん？」

「さあな」

はぐらかすのも珍しい。触れてはいけないのだろうか、と、おなつは感じ取った。

考え事をするときの癖で、おなつは何となく、壁に飾った丹十郎の絵に目を向ける。

初冬の輪島を描いた絵は、雪をのせて吹きつける風の形が見て取れる。美しくて、どこか寂しい景色だ。

頬のあたりに玄太のまなざしを感じたので、そちらを向いた。玄太は目を伏せた後だった。

からりと表戸が開いた。

「いらっしゃいませ」

とっさにおなつは笑顔で向き直る。

若い女が二人、連れ立ってのれんをくぐってきた。美声で人気の深川芸者、あかねとみやこだ。

深川芸者は男物の黒い羽織《はおり》を粋《いき》にまとい、肩で風を切って歩く。颯爽《さっそう》とした出で立ちと、芸事ひと筋《すじ》に修業を重ねる姿が、女の目から見ても格好がよい。

邪魔するよ、と、あかねが笑った。

「今日の輪島屋には特別な鍋がある、早い者勝ちだって平八っちゃんから聞いたんで、来させてもらったよ。その鍋、まだ食べられるかい？」

「はい、あかねさん。海藻鍋っていって、冬の輪島の名物料理なんです。今日は乾物も使っとるんですけど、江戸では手に入らない海藻なんです。お口に合えばいいんですけども」

「へえ、海藻かい。あたしゃ信州の生まれなんで、海のものは珍しくって好きさ。みやこちゃんも、海藻は好きだよね？」

「もちろんだよ。海藻は体にいいとか、髪にもいいとかって、うちの置屋《おきや》の姐《ねえ》さんが言ってたしね」

　あかねとみやこがふるさと横丁に通うのは、江戸ではなかなか食べられないものを口にできるからだ。珍しもの好きの江戸っ子のお客さんには、遠いどこかのお国料理がおいしかった、という話が受けるらしい。

　あら、と、みやこがおなつの手元を指差した。

「おなっちゃん、素敵な簪だね。輪島からのお土産かい？」

「そうなんです。こちら、輪島の塗師屋の玄太さんといって、あたしの幼馴染みなんです。この簪は玄兄ちゃん……じゃなくて、玄太さんが、丹十郎さんの下絵をもとに仕上げて、江戸まで届けてくれたんですよ」

「兄ちゃんでいいじゃないの。仲良しの兄ちゃんと江戸で会えてよかったね。おなっちゃん、貸してごらん。髪に挿《さ》したげるから」

「えっ？」

「ほら、こっちの床几に座って。この弁柄色、いいねえ。おなっちゃんによく合うよ。同じ色の紅《べに》を探してきて、唇に差してごらん。おなっちゃんの大事な彦星さまも、どきっとしてくれるよ、きっと」

よく通る声でそんなことを言う。おなつは顔が熱くなるのをどうしようもなかった。にぎやかなのが苦手な玄太は、そそくさと小上がりに引っ込んでいく。

できたよ、と告げられて、髷《まげ》に触れてみる。そこから伸びる簪の飾りは、しっとりとして滑《なめ》らかな、塗り物らしい手ざわりだ。

みやこにお礼を言って立ち上がる。玄太にも見せようと思ったが、また表戸がからりと開いて、お客さんがのれんをくぐってきた。

「やってるかい？　平八っちゃんから、今日だけしか食えねえ鍋があるって聞いてきたんだけど」

顔馴染みのお客さんである鳶《とび》の比呂助《ひろすけ》が、弟分の正平《しょうへい》を連れてきたのだ。台所から顔を出したおせんが、やれやれとかぶりを振った。

「平八っちゃんったら、どれだけ触れ回ってくれたんだろうね。このぶんだと、海藻鍋はあっという間に売り切れちまうよ。おなっちゃん、手伝っとくれ」

「はい！」

おなつは返事をした。自分でも思いがけず、芯《しん》の通った声だった。

玄兄ちゃんの言うとおりや、と思った。目の前の仕事に打ち込んでいる間は、元気な自分でいられるのだ。

おなつは、両手で顔を挟み込むようにして、ぱしぱしと叩いた。

「しっかりせんと」

自分を叱咤《しった》して、海藻の懐かしい匂いがする中を、台所に向かった。

第二話　ぶり大根

一

日本橋に大店を構《かま》える呉服商《ごふくしょう》、瀬田屋《せたや》のご隠居の五郎右衛門《ごろうえもん》は、ふるさと横丁の得意客だ。御年六十八の老爺《ろうや》だが、足腰もしっかりしていれば、驚くほどの健啖家《けんたんか》で物覚えが実によい。

五郎右衛門は、かつて呉服商として日ノ本各地を飛び回っていた頃、行く先々でその土地の料理を味わうのが何よりの楽しみだったという。それで今でも、暇さえできれば、亀戸《かめいど》の隠居屋敷から駕籠《かご》に乗り、ふるさと横丁へやって来る。

七福神の恵比須《えびす》さまのように福々とした五郎右衛門は、よく贈り物を抱えて現れる。こたびは輪島屋が、その福を受け取る番だった。

仲冬《ちゅうとう》十一月の初めである。

五郎右衛門は、立派な大根を束にして抱え、輪島屋に運び込んだ。

「儂が貸しておる亀戸の畑で、今年も大根がよく穫れたのでな。輪島屋へのお裾分《すそわ》けじゃ。おなつさんや、抱えられるかの？　重たいぞ」

「ありがとうございます。大丈夫です。こちら、どうお料理したら、五郎右衛門さまのお口に合いますか？」

尋《たず》ねてみたら、間髪をいれずに五郎右衛門は答えた。

「とびっきりの鰤《ぶり》大根をこしらえておくれ」

台所から顔を出した七兵衛が苦笑した。

「おやまあ、今年もですかい」

「当然じゃろう。冬になれば大根が穫れる。大根といったら、やっぱり輪島屋の鰤大根は外《はず》せんよ。鰤の味がしっかり染《し》みた、醬油の色に煮しめられた大根がいいんじゃ」

鰤大根は、ぶつ切りにした鰤と大根を醬油とみりんで甘辛く煮つける料理だ。

同じ鰤大根の名で呼ばれる料理や、同じような手順で作られる魚の煮つけは、ほかの地方にもある。だが、五郎右衛門は、かつて能登で食べた鰤大根が忘れられないという。輪島屋の鰤大根は、まさにそのときの味わいにそっくりなのだそうだ。

裏庭で床几の修理をしていた平八が、鰤と聞きつけてのことだろう。店に顔をのぞかせ、分厚い胸板を叩いてみせた。

「鰤の目利きなら、おらに任せといてま！　何《なん》しろ《のせ》、おら、氷見の漁師の息子ながですからね！」

平八の故郷、越中氷見の寒鰤は有名だ。加賀藩だけでなく、山を越えた先の信州の藩でも、お殿さまの年越しのごちそう、年に一度の縁起物として重宝されていると聞く。

氷見は輪島と同じ加賀藩に属しているからそういう話も耳に届くのだ、と思っていたのだが、それは間違いだった。江戸でも、氷見の寒鰤はよく知られているようだ。

平八が氷見の生まれだと知ると、意地の悪い問いを立ててくる者もいる。

「女房を質《しち》に入れてでも食いてえ江戸の初鰹《はつがつお》と、おめえさんとこの寒鰤と、どっちが魚の殿さまなんだい？」

どっちが、というふうに、江戸と輪島を比べて競《きそ》う話を振られることは、おなつもある。それで困惑してしまう。特に、初鰹を引き合いに出されると、本当に頭を抱えてしまう。

そもそも、質屋でお金を借りてきてまで食べたい魚、というのが、おなつにはよくわからない。

輪島では、そんな無理をしなくとも、おいしい魚が手に入った。どんな魚にもぴったりの料理の仕方があって、いろんなおいしさを味わえるのだ。おいしい魚料理というのは、何も初鰹の刺身《さしみ》ばかりではない。

しかしながら、そんなことを口にすれば、江戸っ子からは「ぜいたくなやつめ」と言われてしまうかもしれない。違うのだ。江戸っ子の好みを否みたいわけでは、決してない。

逆に、輪島で暮らしていた頃にぜいたくだった料理といえば、白いお米をたっぷり使う押しずしである。押しずしは、輪島ではなく金沢の料理だ。金沢の出の母と一緒に、正月やお祝い事のときにだけ作っていた。

でも、白いお米は、江戸では誰もが口にできるものだ。ありふれているとさえ言ってよい。おなつは初め、そのことに大いに驚いた。

その土地土地で、ごちそうと呼ばれるものが異なる。だから、とても高価な初鰹を江戸の人たちが大事にする気持ちを否みたくはないけれど、今ひとつわからないというのが本音である。どっちの料理がうまいとか、勝負するような話はよしてほしい。

ところが、考え込んでしまうおなつに比べ、平八は実にたやすく答えを出した。

「江戸の初鰹もうまいかもしれんけど、氷見の寒鰤、ほんとにうまいがですよ！　でも、きときとの寒鰤は江戸じゃあ手に入らんし、初鰹は初夏で寒鰤は冬やちゃね。夏と冬がいっぺんに来んと、食べ比べられんでしょ。天地がひっくり返りでもせんと、勝負は決まらんやろぉなあ。だから、どっちも殿さまですちゃよ！」

あっけらかんとした平八には、負けず嫌いの江戸っ子もすっかり毒気《どくけ》を抜かれるようだ。競う気持ちも失《う》せてしまい、「そんじゃあ、まずは天地をひっくり返すとするか」なんて笑って、話がおしまいになる。

五郎右衛門はその点、さすがである。どの店に行っても誉め、どこのお郷《さと》の料理も好きだとにこにこしている。争《あらそ》い事を引き起こすような振る舞いは一切なく、どの店でも福の神のように大切にされている。

「儂は昔、氷見の寒鰤も一度だけ食べたぞ。どうしても食べてみとうてな。越中高岡《たかおか》のご城下を訪れた折に、雪の積もった街道を旅して、氷見まで足を運んだんじゃ。平八さんが生まれるよりずっと前のことじゃがのう」

「へえ。そしたら、五郎右衛門さまは、おらの祖父《じい》ちゃんや祖母《ばあ》ちゃんに会ったかもしれんがですね。寒鰤が獲れる頃は、男も女も総出で働くがですよ」

冬場は荒れに荒れる海に突き出した格好の能登は、西側から北側にかけてを外浦、東側を内浦という。背中を丸めた外浦が、内浦の湾《わん》を守る形になっている。おかげで内浦は一年を通して波が穏やかな、天然の生け簀《す》なのだ。

氷見は内浦の南端に位置している。弁才船の寄港地であり、北陸有数の漁港でもある。冬になり、鰤起こしと呼ばれる雷《かみなり》が鳴ると、氷見の漁師たちは大掛かりな網漁に繰り出すという。

七兵衛は平八の話を聞くたびに、ちょっと悔《くや》しそうにする。

「近場に住んどるうちに、一度くらいは冬の氷見にも行ってみるべきやった。丸々と肥《こ》えた氷見の寒鰤は見事やそうやな」

「丸々と肥えて、きときとで、水揚《みずあ》げしても大暴れするがですよ。四貫（約十五キログラム）をゆうに超えるくらいの立派なやつが大暴れ！　油断しとったら、漁師のほうが吹っ飛ばされるがです」

「そりゃあ豪快やな。輪島も魚どころや。祝いの魚でも何でも自前で獲れるから、わざわざ氷見まで買い求めに行くことはなかったんやが、氷見のような内浦の魚は脂《あぶら》ののり方が違うと聞いとった。それこそ、食べ比べてみるんやったな」

外浦の荒波に揉《も》まれながら必死で泳ぐ魚は、脂が落ちて引き締まる。それがうまい魚種もあるが、鰤はその限りではない。何しろ、お殿さまの正月料理にさえなるほどのぜいたくさが売りなのだ。こってりと脂がのっているのがよい。

五郎右衛門が笑った。

「輪島と氷見で魚の食べ比べとは、何ともぜいたくな話じゃ。江戸では到底かなえられんぞ。いくらうらやんでも、このへんの海では北の海の魚は獲れん。平八さんが認めるほどの鰤にも、めったにお目にかかれんじゃろうな」

おなつは小首をかしげた。

「そうですよね。江戸の魚河岸では、鰤より小さなものしか手に入らんがでしょう?」

鰤は出世魚だ。育つにつれ、呼び名がどんどん変わっていく。能登では、小さいうちはこぞくら、少し大きくなったらふくらぎ、がんど、鰤というふうに呼んでいた。ふるさとと横丁で聞いたところ、よその地では別の呼び名を経て、鰤に至るらしい。

ところが、江戸湊で水揚げされる「鰤」は、鰤と銘打《めいう》ってあっても、能登ではそう呼べないほど小柄なものばかりだという。「あんな小っち《ち》ゃいやつは鰤じゃないちゃ。がんどですらない。せいぜい、ふくらぎやちゃよ！」と平八が口を尖《とが》らせていた。

七兵衛は考え事をするそぶりで顎《あご》を撫《な》でた。

「とはいえ、冬場はときたま、それなりのやつが魚河岸に出るんや。早い者勝ちやし、値づけで張り合って競り勝たにゃあならんし、手に入れるのは骨が折れる。俺ひとりじゃあ輪島屋まで運べやしねえ。やから、去年までは、がんどで手を打っとったんやが」

元船乗りの七兵衛は、がっしりとした体つきで力持ちだが、魚河岸から荷を担いできたり大八車を牽《ひ》いてきたりはできない。右脚に古傷があり、くるぶしが曲がらないのだ。そちらに力をかけることができないので、体の使い方が少し危なっかしい。

平八がにっと笑った。

「今年はおらがおるから、でかいやつでも運べますね！」

「おう、頼りにしとるぞ。しかし、いつ鰤が入るかわからん。これぱっかりは、祈るしかないな」

五郎右衛門がくるりと神棚に向き直り、手を合わせた。美しい船絵馬《ふなえま》の飾られた、立派な神棚である。

「いい鰤が入りますように。孫のおひなが、ぜひとも輪島屋の鰤大根を食べたいと言っておるのです。うまい料理を味わわせてやりたいという爺《じじい》の思いを、どうか汲んでくだされ」

おなつの胸が弾んだ。

「まあ、おひなお嬢さまも、鰤大根を食べに来てくださるんですか」

おひなは瀬田屋の家つき娘だ。もうじき婿《むこ》を取る。相手は呉服の商いに精通した働き者で、おひなも憎《にく》からず想ってきた男だという。

洒落《しゃれ》者のおひなは、金沢の染物であるお国染の着物がとりわけ大好きだ。金沢の祝い料理である押しずしをおなつが作ったときには、本当に喜んでくれた。それで、おひなが以前着ていた小袖《こそで》を、大きな長持《ながもち》にいっぱい、おなつに譲ってくれたのだ。

お国染の上等な着物を次々と惜《お》しげなく与えられてしまい、おなつは恐縮しきりだった。そのときは申し訳ないような気持ちでいっぱいになって、ろくにお礼も言えないくらいだった。

でも、ときどき手にして見事な模様を眺め、これがおなつに似合うと言ってもらえたことを思い返すうち、だんだんと嬉しくなってきた。着物の形をした幸せを贈ってもらったのだ。感謝の文は送ったけれど、おひなに会ってお礼を言いたいと思っていた。

五郎右衛門は、いつにも増して福々とした恵比須さまみたいな顔で笑った。

「おなつさんに腕を振るってもらえば、おひなも喜ぶ。おひなと一緒に輪島屋を訪れるのが、この冬の楽しみの一つなんじゃ」

「そう言っていただけるなら、あたし、精を出して料理をします」

おなつはぎゅっと拳《こぶし》を握《にぎ》った。

いや、料理をするだけでは足りない、と不意に思った。初めからやってみたい。魚河岸に行って、鰤の目利きをして、いちばん活《い》きがいいのを競り落として、輪島屋に運んでくる。全部やってみたい。

がむしゃら《がっぱ》になったらいい、と言ってくれた玄太の声を思い返した。それまでやったことのなかった仕事をどうにかこなすうち、立ち直ることができたと語っていた。

玄兄ちゃんも、苦手やったそろばんに励んだんや。ほんなら、あたしは魚河岸に行ってみよう。連れていってもらえるかどうか、七兵衛さんと平八っちゃんに尋ねてみまいけ。

二

日本橋界隈《かいわい》には町人地が広がり、江戸屈指《くっし》の大店が軒を連ねている。深川の門前町もなかなか大した人出《ひとで》だが、商いの地である日本橋界隈はまたちょっと違ったふうに、実によくにぎわっている。

お城のお堀と大川に挟まれた日本橋界隈は、深川ほどではないにせよ、大小の堀が巡らされている。そうした堀は、荷運びの舟にとっては道となる。中でも、日本橋や江戸橋の架《か》けられたあたりは堀の幅が広く、行き交う舟も多い。

日本橋から江戸橋にかけての北岸は、魚河岸と呼ばれている。朝夕、大小の魚商が板舟《いたぶね》に魚を載せてずらりと並べ、呼び声を上げて商うのだ。

おなつは七兵衛と平八、そして九州庵のおりょうとともに、早朝の魚河岸に足を踏み入れた。

ここまで歩いてくる道に人の姿はあまりなかった。だが、魚河岸が近づくにつれて、だんだんと人が多くなってきた。呼び声が上がっている。商いがそこかしこで始まっているのだ。ひんやりとした朝霧《あさぎり》の中でも、魚河岸は独特の熱気を発している。

「おなっちゃん、離れんようにな」

七兵衛が気遣ってくれる。実は去年もこの時季に、おりょうに誘われて魚河岸にちょっとだけ近づいたことがある。

しかし、人が多いのと熱気がすごいのとに尻込みをして、売り場まで行けなかった。それで、おりょうが荷運び役に連れてきていた百合之介《ゆりのすけ》に命じ、おなつをふるさと横丁まで送らせた。おなつは始終黙ったままで、臆病《おくびょう》な自分にしょげていた。

一方、おりょうは魚河岸にも慣れたものだ。日頃から一人で魚河岸に繰り出し、男衆に交じって大声で商談をし、目当ての魚を買いつけている。

「おなっちゃん、魚河岸はにぎやかだけど、別に怖くはないでしょ？」

そうは言いつつも、眼鏡越しのおりょうのまなざしは慎重そうだった。おなつの顔色をうかがっている。無理をして笑顔をつくっても、おりょうの眼力は医者顔負けだ。相手の顔色や体の強張《こわば》り具合を読み、本心を見抜いてしまう。

おなつは微笑んでみせた。

「うん、怖くないよ。それどころか、何だかちょっと懐かしいくらいだから、本当に大丈夫。心配せんといて。ありがとう」

「そりゃよかった。懐かしいってのは？」

「魚を商う場所のにおい、かな。輪島の市のにおいにも似とって、懐かしい」

ぴりりと肌寒い冬の輪島の市には、鍋料理にするとおいしい海の幸が水揚げされる。

冬の海の殿さまは鰤かもしれないが、それだけではない。

鱈《たら》はその字が示すとおり、雪のように真っ白な身が美しく、ふんわりと優しい味わいだ。癖がなく、どんな味つけにも合う。特に子供の頃は、その淡白さが好きだった。

あんこうはお化けのような顔をしているが、これまた優しい味わいである。身だけでなく、とろりとした皮や歯ざわりのよい水袋など、骨を除いたすべてが食べられる。

そんなふうに、おなつが輪島の市の思い出を語ったら、七兵衛が少し遠い目をして
「そうやったなあ」とつぶやいた。

平八も口を開いた。

「おらも、ここに来ると氷見のことを思い出すちゃ。漁師が陸に上がったときに仕事したり寝泊まりしたりする場は番屋ゆうて、氷見には大きな番屋があるちゃよ。水揚げしたばっかの魚をそこに並べとった。魚市もにぎわっとった。江戸ほどの人出じゃあなかったけども、熱気はぜんぜん負けとらんだ！」

「長崎の魚市の繁盛《はんじょう》っぷりもすごかったよ。聞いた感じだと、北陸の魚市と比べたら、小型の魚が多そうだけどね。氷見の寒鰤は、四貫とか言ってたっけ？」

「たまに五貫（約十八・八キログラム）まで育っとるやつもおる」

「そういう親玉みたいなやつは、長さ三尺半（約一〇六センチメートル）にもなるんでしょ？　すごいよねえ。長崎では見たこともないって。でも、長崎で水揚げされる魚はいろんな種があるんだ。きときとなのは、長崎の魚市も負けないよ。魚市の熱気もね」

きときとというのは氷見の言葉で、魚が新鮮なことを表す。平八がよく使うので、いつの間にか皆も覚え、すっかり耳に馴染んだ言葉となった。

「そりゃあ、長崎やったら、にぎわいもすごいはずやちゃ。住んどる人の数も多いがでしょ？」

「数そのものは熊本や鹿児島のご城下ほどじゃないけど、長崎のほうが狭いからね。特に、オランダ船が沖に停泊してる七月から九月にかけては、見物客があちこちから押し寄せる。だからもう、ごった返しててさ。一反（約一〇〇〇平方メートル）あたりに何人住んでるかを勘定したら、長崎も江戸に負けてないよ。ぎゅうぎゅう詰めなんだから」

おりょうが江戸の人混《ひとご》みに平然と飛び込んでいけるのは、生まれ育った長崎もまたぎゅうぎゅう詰めの町だからだろう。

ふるさと横丁に住む女衆には、人であふれ返った江戸の盛り場を苦手とする者も多い。町に憧《あこが》れて江戸に出てきたのではなく、何らかのわけがあって故郷に帰れない者が多いからかもしれない。

おりょうは目当ての魚問屋を見つけると、力こぶをつくるそぶりをした。

「今日もいい魚を並べてるんでしょうね。よぉし、一丁やってやろうじゃないの！じゃ、おなっちゃん、また店のほうでね！」

おなつに手を振って、おりょうは、青魚を商う魚問屋のほうへ颯爽と突撃していく。

隣を歩いていたから気づかなかったが、おりょうの後ろ姿の裾には、波間から跳《は》ね上がる鰤が染め抜かれている。丸々と肥えて、なかなか迫力のある鰤だ。おりょうはいつも、ちょっと変わった柄や仕立ての着物を身につけている。

九州庵では、魚河岸に出張《でば》るのはおりょうの役目だ。以前は百合之介も荷運びのために同行していたが、このにぎわいが本当に苦手で、具合が悪くなってしまう。結局「百合さんはもういいよ」とおりょうに告げられ、しょんぼりと肩を落としたのだった。

「明日はあたしもおりょうさんたちと魚河岸に行くんです」

昨日そんなふうに話したら、百合之介は切れ長な目を真ん丸にしていた。百合之介はとてつもない美形で、おなつも初めはどぎまぎしたものだが、もはや慣れた。何だか、猫みたいな人なのだ。つやつやと毛並みがよく、おとなしくて、寂しがりやの猫。くれぐれも気をつけて、と百合之介には心配されたが、おなつは今、落ち着いている。実際に足を運んでみれば、怖いことなんてなかった。むしろ、わくわくしてきた。

七兵衛が改めて、おなつと平八に告げた。

「鰤だけじゃなくて、型のいい魚があれば、そいつも買って帰らんけ。冬場は海が時《し》化《け》やすくて、舟が出されん日も少なくない。日ノ本随一《ずいいち》の魚河岸も、こんなふうににぎわう日ばっかりじゃねえっちゅうことや」

鰯でも烏賊でも鯵《あじ》でも、新鮮なうちにたくさん仕入れて、傷まないように手を加えておく。酢で締めたり、小糠《こぬか》に漬け込んだり、干物《ひもの》にしたりと、やり方はいくつもある。

平八は伸び上がって、人の頭越しに、売り場に並んだ魚を見回していた。おお、と声を上げ、今しがた着いたばかりとおぼしき舟のほうを指差す。

「おった！　七兵衛さん、鰤や！　浅吉爺《あさきちじい》さんがついに鰤を釣《つ》り上げたみたいですちゃ！」

「おお、ついにか」

「浅吉爺さんの店、あっという間に人だかりができとります。鰤が入ったら輪島屋が買う約束はしとるけど、ぼーっとしとったら、よそに取られてしもうかもしれん。お武家さまに割り込まれたら、面倒くさいことになりますからね。おら、すぐ行って話を始めときますちゃ！」

「頼んだぞ」

平八はずいぶんと大柄だが、決して鈍重《どんじゅう》などではない。一歩一歩が大きいのもあって、人混みを縫《ぬ》いながら早足で進むと、あっという間に離れていく。

浅吉という老漁師は、一本釣りの名人として名を馳《は》せているという。釣りをするだけでなく、板舟に魚を並べて商う場にも立ち会う。

というのも、浅吉爺さんが釣り上げて締めた魚は質がよいというので、魚河岸で評判が轟《とどろ》いているためだ。

浅吉爺さんが板舟に立っているだけで、目ざとい客が押し寄せてくる。どんな看板にも勝《まさ》るのである。それで、世話役となる問屋が間に入っているものの、客は皆「浅吉爺さんの店」とばかり呼ぶのだとか。

七兵衛はゆっくりとした歩みで平八を追いかけがてら、きれいな鰯に目を留めた。手早く鰯を買いつけ、包んでもらって肩に担ぐ。

「よし、行かんか」

「あたしが荷物を持ちましょうか？」

「このくらいは平気や。俺のことより、平八の身のまわりの品に気をつけてやってくれんけ。帰り道が危ういんや。荷を担いでると暑がって、風よけに巻きつけといた手ぬぐいをほどくやろ。そうすると、手ぬぐいを落とすわ財布もついでに落とすわで、大騒ぎしたことがあってん」

「あ、平八っちゃんからも聞いとります。財布をなくしそうになったって」

「手ぬぐいや財布を拾ってくれる親切な人がおったんやけど、そいつがちょっこし、たちの悪いやつやった。たまたま見とった棒手振《ぼてふ》りの長吉《ちょうきち》が、近くの自身番《じしんばん》から目明《めあ》かしの親分を連れてきてくれたんで、ことなきを得たんやが。おなっちゃんも気をつけるんやぞ」

「はい」

七兵衛とおなつは、傍目《はため》には父と娘に見えることだろう。七兵衛の温かさと頼もしさは、本当に父のようだ。大きな江戸で戸惑《とまど》ってばかりのおなつをいつも守り、導《みちび》いてくれる。

東の空が、もうずいぶん明るい。日の出はもうじきだ。

朝日が顔を出せば、たちまち暖かくなってくるから、魚の買いつけには向かない。目当ての魚を急いで手に入れようと、魚河岸に集《つど》う人々の熱気がいや増している。

おなつは、あたりをぐるりと見回した。

「あ、女の人がおる。あっちにも」

魚を売っているのも買いに来ているのも、やはり男が多い。とはいえ、時おり女魚商の姿も見かけるし、女棒手振りが威勢よく駆けていったりもする。おりょうのように自分で目利きをしに来ている者は、小料理屋を営んでいるのだろうか。

「みんな、真剣やな」

熱心そうに輝く目で、じっくりと魚を吟味《ぎんみ》している。若い息子か弟子に教えている、七兵衛くらいの年頃の男がいる。お武家さまのお屋敷の包丁人らしき人もいて、お店者に交じって、少し堅苦しい言葉で商談をしている。

誰もが、誰かのために、おいしい魚を求めてここへ来るのだ。その熱は、おなつの胸にもある。心地よい熱だ。

平八が大きな体で伸び上がり、手を振っている。

「七兵衛さん、おなっちゃん、はよ来てください！　丸々と肥えた、きときとの鰤、入っとっちゃ！」

「おう、きときとか！」

七兵衛も大きな声で返した。

足を速めた七兵衛に続いて、おなつも平八のほうへ向かう。

魚のにおいに満たされた朝市に、胸がわくわくしていた。

三

脂ののった鰤は、姿からして実に立派だ。全身がぴかぴかと光っている。腹のほうは真っ白で、背は青みを帯びた黒。白と黒の境のあたりに、鮮やかな黄色に輝く線がすっと走っている。

胴《どう》を輪切りにしたら、真ん丸だろう。大きな頭には青や黄の斑《はん》が散り、尖った歯をのぞかせている。

「いい面構《つらがま》えやろぉ！　江戸湊でも、まれにこんな大物が釣れるらしいがですよ。北陸で揚がる鰤と比べたらやっぱり小《ち》っちゃいけど、こいつならまあ、悪くないはずですちゃ！」

平八は得意げだった。老練《ろうれん》の漁師にして魚商の浅吉と親しくなり、鰤を真っ先に融通してもらえたのも、その重たい鰤を担いで帰れたのも、平八のお手柄だ。

「ねえ、平八っちゃんは、鰤のどんな食べ方が好きなん?」

ふと思いついて、おなつは訊いてみた。こたびは五郎右衛門に頼まれた鰤大根のために仕入れてきたので、別の料理をしようとはちっとも考えていなかったのだが。

「おら、実は鰤大根よりも、七輪で焼いて食うのが好きながよ。脂がじゅわっとにじんできたところに、醤油とみりんのたれを塗ってやって、あつあつのを食う。炭火で焼いた匂いがたまらん。それが一番《いっちゃん》うまい食べ方やと思っとる」

「おいしそう。賄《まかな》いはそれにせんけ」

「いいなあ! 冬の鰤は脂がのっとって、それがうまいがやけど、脂が多すぎて腹を壊《こわ》す人もおるからな。刺身で食うのがやっぱりぜいたくでいいって話も聞くけど、腹を壊したら、元も子もないちゃね」

「そうやよね。そのときはおいしく食べても、それがもとで具合が悪くなるのは駄目やね」

「脂を落として食ったら、腹も壊さんし、うまいちゃよ。刺身で食えるほどのきときとの鰤を、煮たり焼いたりして食う。それが最高のぜいたくやちゃ! おら、そういうぜいたくな食い方が好きながよ。何《なん》しろ、氷見育《のせ》ちやからな」

平八は得意げに笑ってみせた。

大きな鰤を捌《さば》くとなると、大した力仕事である。ひときわ大きな包丁も必要になる。諸肌脱《もろはだぬ》ぎになった平八が裏庭で鰤を捌いていたら、いつの間にか見物人がぞろぞろと集まっていた。九州庵の面々をはじめ、噂を聞きつけたふるさと横丁の人々が、店の仕込みをさておいて、やって来たのだ。

「この冬最初の鰤大根、あっという間に売り切れるかもしれんね。そのぶん、日ノ本あちこちの料理がうちに集まるんやわ」

おせんが愉快《ゆかい》そうに笑った。

すでに九州庵とは「鰤大根と東坡肉《トンポーロウ》で物々交換をしよう」と話がまとまっている。猪の肉をとろとろになるまで煮込んだ東坡肉は、唐土から長崎に伝わった料理だそうだ。甘辛い味つけで、がつんと食べ応えがある。平八のお気に入りの料理だ。

平八が鰤をぶつ切りにしていく間に、おなつは湯をたくさん沸《わ》かしておいた。

ぶつ切りの鰤は薄い塩水に浸しておいた後、熱い湯にさっと通し、すぐさま冷たい水に取る。一度こうして熱を通しておいたら、くさみが消える。また、鱗《うろこ》を洗い落としやすくもなるのだ。

煮込めば鰤のうまみがたっぷり出るから、出汁は昆布《こんぶ》であっさりと取る。出汁が煮立ったら、下ごしらえをした鰤の切り身と輪切りの大根をどんどん入れて煮る。

大根は、しっかり厚く切るのがいい。面取りをして煮崩《にくず》れを防ぎ、十字の切り込みを入れて味を染みやすくする。鰤と一緒にことことと煮込めば、冬場の鰤のうまみと脂が大根にも宿る。

味つけは、まず酒と砂糖、それから醤油とみりんを加える。くさみ消しの生姜《しょうが》も、千切りにして加える。大鍋いっぱいにこしらえるから、醤油やみりんは何度かに分けて入れ、馴染むまで根気よく煮込む。ひと晩置いたら、出来上がりだ。

平八は、少しだけ取り分けておいた鰤の切り身を七輪で焼いてもらい、醤油とみりんで味つけしたのを、麦飯にのせて食べた。おなつもご相伴《しょうばん》にあずかった。

「うまかろぉ！」

「うん、おいしい。こんがり焼けた皮もおいしいわ」

「頑張って丁寧に鱗を落としたから、皮まで食べられるちゃ」

平八と二人、にんまりと笑い合う。賄いだけの特別な料理というのは、どこか秘密めいている。それが隠し味となって、いっそうおいしく感じられるのだ。

翌朝である。

鰤大根を仕込んだ鍋の蓋《ふた》を開けてみると、煮汁がぷるぷるに固まっていた。

「わあ、見事な煮こごりになっとる」

脂ののった魚でなければ、こんなふうにはならない。煮こごりを炊き立ての糅飯《かてめし》にのせ、とろかして食べるのもおいしい。糅飯は、粟や黍《きび》などの雑穀や、芋や大根の切れっぱしなどを混ぜ込んで炊いたご飯だ。輪島屋の賄いでは、米だけの白いご飯ではなく、糅飯や麦飯を食べている。

今日の鰤大根の出来には、おせんも満足そうだ。

「こんなに立派な鰤で鰤大根を作ったのは、何年ぶりやろうね。平八っちゃんがうちに来てくれたおかげやよ」

「本当ですね。平八っちゃん、いい鰤が入ったらぜひとも輪島屋で仕入れさせてほしいって、まだ暑いころから、馴染みの魚屋さんに頼み込んどったらしいんです」

「人の懐《ふところ》に飛び込むのが上手なんや。あの愛敬《あいきょう》にはかなわんよね」

昨日のうちに、いい鰤が手に入ったと瀬田屋に知らせを入れておいた。五郎右衛門とおひなは待ちかまえていたらしく、すぐさま返事をくれた。今日の昼餉に、鰤大根を食べに来るという。

果たして、五郎右衛門とおひなは、昼四つ半（午前十一時頃）にのれんを掛けてすぐ、輪島屋にやって来た。

「何度見ても素敵なのれんね。さすがは嘉助、お国染の名手だわ。細かく描き込まれたこの模様、本当に見事なのよね」

華やかな人というのは、声ひとつ上げるだけでも華やかだ。

「おひなお嬢さま、いらっしゃいませ」

おなつが声を掛けると、おひながのれんをくぐってくる。ぱっとその場が明るくなるように感じられた。

まるで親しい友のように、おひなは気さくに近寄ってきて、おなつの手を取った。

「久しぶりね、おなつさん。前は金沢の押しずしをいただいたから、今日は能登の料理を食べに来たわ。お祖父ちゃんが、輪島屋の鰤大根は絶品だと言うんですもの」

「ありがとうございます。あたしも、おせんさんの作る鰤大根、大好きなんです。鰤大根は金沢でも作られると母から聞きましたけど、輪島屋のものは、とびっきりおいしいんですよ」

「わたしも嘉助から同じように聞いているわ。都合がついたら今日も顔を見せると言っていたみたいだけど、姿が見えないわね」

金沢出身の染物職人、嘉助は、今では江戸の神田で工房を営んでいる。お国染の技法をもとに編《あ》み出した独自のやり方で、反物《たんもの》を染めているのだ。おひなが今、江戸で最も贔屓《ひいき》にしている職人である。

「嘉助さんは、今日はいらっしゃらないみたいです。ついさっき、お弟子さんが鍋を持って見えました。師匠はどうしても手が離せず、こっちには来られないから、鰤大根を買ってくるように言われた、と」

「道理ね。嘉助にとって、染物をするのは息をするのと同じなのよ。そうじゃなかったら、魚にとっての水と同じ。うっかり取り上げたりなんかすると、死んでしまうんだわ」

おひなの手は白くて柔らかく、すべすべしている。おなつの手は、そうではない。恥ずかしくなってきて、おなつは目を伏せた。

「あたしの手、なまぐさいでしょう？　魚を扱うもんやから」

「ちっとも気にならないわ。着物を扱う者の手だって、独特のにおいがつくものよ。染物のにおいも、いいにおいではないと感じる人もいるでしょうけど、わたしは気にならない。でも、おなつさん、これは駄目よ」

「は、はい？」

「手がかさついているわ。さかむけもあるじゃないの」

「ええと、冬場は、水仕事をしとったら、どうしてもこんなふうになって……」

おひなは幼子を叱《しか》るときのように、どこか愛敬のある怒り顔をしてみせた。

「手荒れは働き者の証だけど、ほったらかしにしちゃ駄目よ。傷口が膿《う》んで、病《やまい》になることだってあるんだから。手荒れやさかむけに効く、いい軟膏《なんこう》があるの。後で届けさせるわ。わたしも反物に手の脂を取られちゃうみたいで、すぐかさかさになってしまうのよ」

「お、お気遣い、ありがとうございます。でも、申し訳ないです」

「いいのよ。うちの奉公人たちにも使わせている品なの。呉服商の店先って、見たことあるかしら？」

「いえ、日本橋には、なかなか行けんから」

「そりゃそうだわね。お昼にお店を開けてるんですもの。呉服商ってのはね、見目のよい手代《てだい》を揃えている店も多くて、うちもそうなんだけど、男って困ったものなのよ。仕事ができる手代も、ほっとくと、肌のお手入れにはまるで無頓着《むとんちゃく》なんだから」

瀬田屋のような大店では、女は店に立たないものだ。おひなもその例に漏《も》れないが、その実、縁《えん》の下の力持ちであるらしい。お客さんから見えないところで、きびきびと奉公人たちに指図をし、丁寧に世話を焼いてもいるようだ。

来月には祝言を挙げるというおひなは、すでに人妻風の丸髷を結っている。紺色の地の着物には、裾や袖に山茶花《さざんか》があしらわれている。

山茶花の絵は、曇りの日の姿を写したのだろうか。花びらは少しくすんだ色味だ。一方、厚めの葉は弱々しい光の下でも艶《つや》やかに光っている。そうした色遣いの妙が、実に本物めいている。

おひなはおなつのまなざしに気づいたように、袖の柄を見せた。

「山茶花、いいでしょ?」

「はい。嘉助さんが染めた着物ですか?」

「わかる？　そうなのよ。これはねえ、嘉助が金沢にいた頃に染めたものなの。浅野《あさの》川《がわ》で流した、本物のお国染。ちょっと無理を言って、金沢から取り寄せてもらったのよ」

嘉助の手掛ける染物は、野に咲く花そのものを写したかのように生き生きとしている。風に吹かれて落ちる花びらや、虫に喰《く》われて傷《いた》んだ葉、次第に枯《か》れゆくさまをも描くのだ。

染めの技が繊細《せんさい》であればこそ、嘉助は江戸で工房を営むにあたって、あれこれ苦労と工夫を重ねている。

同じ工房で仕事をするのでも、日々微妙に変化する温《ぬく》もりや湿《しめ》り具合によって、筆の運びを変えねばならない。ましてや、金沢と江戸では、肌に触れる風や水の冷たさ、川の流れの豊かさなどが、何もかも逐一違うのだ。

熟練の技を持つ嘉助であるから、江戸で染めて神田川で流す反物も、質が安定してきた。それでも、おひなのように本場のお国染を好む者には、金沢で染めたものとの違いがはっきりとわかるらしい。

「おひな、こっちに来て座りなさい」

五郎右衛門はすでに小上がりに腰を下ろしている。おひなは、はぁい、と応えて小上がりに向かった。おなつの手を引きながらである。

おひなはおなつをつかまえておきたいようだが、それはちょっと困る。七兵衛と平八は裏庭でせっせと魚を干している。台所をおせんひとりに任せるわけにいかない。おなつはぺこぺこと頭を下げて断って、おひなのもとを辞《じ》した。

昼餉の支度《したく》は、すでにあらかた調っている。

温めた鰤大根の、形のいいところを丁寧に器に盛る。それから、つやつやと光る白いご飯。香の物は、いしるを使った青菜の浅漬け。粕汁の具には、水で戻した海藻、つるも加えている。

昼餉のお膳を運んでいくと、五郎右衛門が目を輝かせた。

「おお、これはまた、脂ののった鰤じゃな」

「はい。きときとの鰤を、平八っちゃんが見つけてくれたんです」

しっかりと醤油の色の染みた大根は、箸がすっと通る。その箸は、玄太と高左衛門が先月届けてくれたものだ。

輪島塗の箸のことも、五郎右衛門は、届いてすぐに気づいてくれた。五郎右衛門は背丈のわりに手が大きく、しかも肉が厚い。その手に合うよう太く長い箸を選んだところ、「これは握りやすい」と喜んでくれたのだ。

ほっそりとしたおひなの手には、細い箸が握られている。五郎右衛門が「輪島塗じゃ」と紹介してくれた。ああ、と、おひなが目を輝かせる。

「これも輪島塗なのね。輪島塗といったら、どっしりとして格調高《かくちょうだか》いという印象があったけれど、この箸は飾らない感じが素敵ね。うん、とてもいい色。渋好みの江戸でも好まれる色味だわ。これを作った職人と話をしてみたいわね」

「あたしの幼馴染みがこの色を選んだと聞いています。輪島屋のお客さんたちに身構えずに使ってもらうにはどうしたらいいか、弁柄色も黒も、ほかの色を混ぜたものも、いろいろ試したそうです」

玄太は、片目が利かなくなったために職人仕事ひとすじとはいかなくなったが、色の目利きには長《た》けている。どういう塩梅《あんばい》で色を混ぜたらよいか、繊細な調整を経て、この色に決めたのだと語ってくれた。

丹十郎に会いたいと言っていた玄太だが、それはかなわなかった。冬が深まっては、輪島への旅路が危うくなる。丹ちゃんによろしくと告げて、先月の終わりに江戸を発った。

おひなが自分の簪を指差した。

「ねえ、おなつさんの簪も、もしかして輪島塗？　さっきから気になってたのよね」

「そのとおりです。箸の色を選んだ幼馴染みが手掛けてくれました。実は、その人は目を傷めてしまったので、もう職人には戻らないそうなんです。その代わり、塗師屋として毎年、江戸に出てくることになりました」

「あら、それじゃあ、いつか話してみたいわ。色の目利きができる人って貴重なのよ。その簪も、おなつさんによく合う色ね。素敵よ」

おひなは、箸を握り直して鰤大根の器に目を向けた。

箸が鰤の身をほろりとほぐす。おひなの上品な口にその身が運ばれていくのを、おなつは思わず見つめてしまった。お口に合うやろうか、と不安になる。

おひなの顔がほころんだ。

「おいしい！　魚の煮物なんて珍しくないと思ってたのに、お醤油の味が違うのかしら。いいえ、きっと鰤だからだわ。鰤って、こんなにもしっかりした味がするのね。それに、引き締まったこの歯ざわりがすごい。ただ硬いのとは違うんだわ」

その鰤の味が染みた大根も、おひなは「おいしい」と言って食べてくれた。

おなつは、ほっと胸をなでおろす。

「お口に合ってよかったです」

魚の味やにおいが苦手な人は、少なからずいる。食べ慣れていなければ手を出しにくい、というのもわかる。

輪島屋の味をおいしいと言ってくれる、舌の好みの合うお客さんとの出会いは、幸せだ。おひながにこにこしながら箸を進めてくれるのが、おなつは嬉しい。

五郎右衛門が粕汁に舌鼓《したつづみ》を打った。

「寒い季節には、やはり、寒いところの料理がしみるのう。輪島屋の粕汁はひときわうまい。よい酒粕を使っておるんじゃろう?」

ちょうど裏庭での仕事を終えてきた七兵衛が、にっと笑った。

「やっぱり、五郎右衛門さまはよくおわかりでさあね。輪島からの船便で運んでもらってるんですよ。この粕汁の酒粕は、奥能登で積み込んでもらってましてね」

五郎右衛門の目の色が変わった。

「では、あの能登衆が仕込んだ酒の酒粕か！　おお、素晴らしい。ということは、つまり、能登でも酒を造っておるんじゃな？」

「ええ、輪島やほかの奥能登の町にも、実は酒造があるんですよ。輪島では、廻船問屋のいろは屋さんや久保屋《くぼや》さん、船宿の宮野屋《みやのや》さんなんかが手を広げて、細々とやっているといったところですが。酒造りは、能登衆を招いて教わっているとかで」

「何と！　のう、七兵衛さんや。輪島の酒は、江戸では手に入らんのか？　能登は水がきれいだと聞いておる。その水を使い、能登衆の手で仕込んだ酒ならば、さぞうまかろう。飲んでみたいもんじゃのう」

舌なめずりをせんばかりの五郎右衛門に、おせんが苦笑してみせた。

「でも、能登は平地が少なくて、田んぼがあんまりないんですよ。酒造りをするには、きれいな水だけやなくて、いい米もないといけないから、よそに売り出すほどたくさんは、なかなか造れないんやないかしら」

おなつはきょとんとしていた。酒のことはよくわからない。いろは屋でも細々とはいえ酒を造っているのだと、今初めて知ったくらいだ。

ずっと暮らしてきた輪島のことも、振り返って考えてみたら、知らないことだらけだ。ひと山隔《へだ》てた向こう側となると、もう本当にわからない。

たとえば、輪島には豆腐屋があって、豆腐もおからも油揚げも買えた。それが当たり前だと思っていたけれど、同じ能登でも山手のほうに行くと、豆腐を商う店がない。大豆を畑で育てるところから家でやるから、豆腐作りは大仕事になるらしい。

能登から船出して、奥州経由で輪島屋へ醬油や酒粕などを運んできてくれる人が、能登の山手の村の出身だ。船を出せない冬場には、輪島の市で茸《きのこ》や炭を売り、塩や小糠に漬けた鰯、馴れずしにするための鯵などを買って村へ帰る、という暮らしを送るそうだ。

「五郎右衛門さまはやっぱり物知りですね。能登のお酒が飲んでみたいだなんて、あたし、初めて聞きました」

「おや、おなつさんは酒をたしなまんのじゃったか」

「お酒というものを飲んだことがありません。弁才船の上ではお酒を飲まない、酔《よ》ったままで船を動かさないんだって丹十郎さんから聞いとったから、お酒って怖いんかなと思ってしまって」

道理やね、と、おせんがうなずいて、ちらりと七兵衛を見た。七兵衛は笑みを消さなかったが、おせんのほうに顔を向けない。そんな夫の態度に、おせんは苦虫を嚙み潰《つぶ》したような顔をしている。

おなつも小耳に挟んだことがある。かつて七兵衛が船乗りだった頃、右脚を大怪我《おおけが》してしまったときの話だ。

そのときは七兵衛も仲間の船乗りも酒に酔っていたらしい。積荷のそばで酒盛りをしていた、というよりも、荷を積む仕事をしながら酒を飲んでいたようなのだ。

もしも酒を飲まずに仕事をしていたら、荷崩れが起きなかったかもしれない。もしもそれが起きてしまっても、七兵衛はうまく逃げて、巻き込まれずに済んだかもしれない。

七兵衛は、酔った上でのしくじりによって、船乗りでいられなくなった。それでも、いまだに酒を飲むのが好きだ。酔ったら、笑う声が少し大きくなる。本当にそれだけで、おかしな乱《みだ》れ方などまったくしない。具合が悪くなるということもない。

そやけど、おせんさんはときどき、お酒のことで七兵衛さんを叱っとる。やっぱり心配になるんやろうな。

おひなは小首をかしげた。

「能登のお酒って、わたしも聞いたことがなかったわ。お祖父ちゃん、どうしてそんなに飲みたがるの？」

「確かに、能登という地で造られた酒は出回っておらんが、能登衆の造る酒は人気があるんじゃぞ」

「能登衆って？」

「杜氏《とうじ》と蔵人《くらびと》の衆じゃよ。奥能登の民が冬場に出稼ぎに行く先が、上方《かみがた》の酒造なんじゃ。能登衆の間でだけ伝えられておる技、というものもあるらしい。能登衆の手による酒は濃厚にして華やか、それでいて優しい味わいで、この上なくうまいんじゃ」

冬の奥能登では海が荒れ、田畑も雪に埋もれてしまう。漁師や百姓が暮らしを立てていくためには、冬から雪解けの頃にかけて、よそへ出稼ぎに行かねばならない。そこでちょうどいいのが、冬に仕込みをおこなう酒造なのだ。

輪島の弁才船乗りや塗師屋は冬になる頃に戻ってくるから、酒造りの能登衆とは逆だ。能登衆を送り出す町や村では、新年を家族みんなで迎えることができないのだろう。寒さが身にしみるのではないか。

「出稼ぎに行かずに、ずっと一緒に暮らせたらいいのに、そうもいかんがですね」

つい、おなつはこぼしてしまった。

七兵衛は台所に引っ込むと、しばらくしてから酒を運んできた。ちろりで燗《かん》をつけてきたのだ。

「能登で醸《かも》されたもんじゃありやせんが、飲まれるでしょう？」

七兵衛ににやりとして誘われ、五郎右衛門は相好《そうごう》を崩した。

「温まりそうじゃのう」

孫のおひなの手前、一応は遠慮していたらしい。が、結局はお猪口を手にしてしまった。一杯だけなどと口走っているが、七兵衛を相手に、それで済むはずがない。

「こちら、摂津《せっつ》は灘《なだ》の酒ですが、仕込んだのは能登衆だと聞いていやす。能登衆には特別な技が伝えられている、というふうにいわれちゃいやすが、技じゃあないそうなんですよ」

「ほう。じゃが、秘訣《ひけつ》はあるんじゃろう？」

「じっくりと仕事に向き合うってぇ能登衆の気質が、酒造りにぴったり合っているんでしょう。何にしろ、うまい酒ですよ」

おなつは、ああ、と手を打った。

「摂津の酒問屋のかたが下り酒を商いにいらっしゃると、いつも輪島屋に顔を出してくださいますよね。酒蔵に能登衆を抱えているから、そのご縁で能登の料理を食べに見える、ということなんですね？」

江戸で人気の下り酒とは、上方で造られ、樽《たる》廻船で運ばれてきた酒のことだ。摂津には、灘や池田、伊丹《いたみ》など、古くからの酒どころがある。江戸の近くでも酒は造られているものの、杉樽の香りが移って熟成の進んだ下り酒の味わいには、どうにも勝てないらしい。

おせんがおなつの言葉にうなずいた。

「そうなんやよ。能登衆には世話になっとるゆうて、摂津の酒問屋の旦那《だんな》さんや番頭さんが、うちを訪ねてきてくれるんや。おなっちゃんは、お客さんからそういう話を聞いたことないけ？」

「すみません、あたし、おせんさんみたいにうまくお客さんとしゃべれんから……でも、料理の説明をすると、なるほど噂には聞いとった、みたいなことをおっしゃっとったのを覚えとります。やから、誰から聞いたんかな、と思っとったんですけど」

ふと、そのときだ。

表戸がからりと開いた。

「邪魔するぞ」

聞き覚えのある声に、おなつは振り返る。

「いらっしゃいませ、叔父さま」

母方の叔父、清水和之介が、のれんをくぐって姿を見せた。肌寒くなってきたというのに、羽織袴《はおりはかま》の凜々《りり》しい姿で、少しも着ぶくれなどしていない。

叔父に続いて、従弟の紺之丞が姿を見せた。

「あ……」

おなつは思わず息を呑んだ。

こんちゃん、と昔の呼び名が先に出てきてしまいそうになる。此之丸《このまる》という幼名であった頃、素直でかわいい従弟は、こんちゃんと呼ばれていた。

だが、今となっては、紺之丞のほうがおなつよりも背が高い。十六の美しい若武者は、一瞬だけおなつと目が合うと、途端にぷいと顔を背《そむ》けた。

四

紺之丞は何も言わず、表戸からいちばん近い床几に腰を下ろした。和之介はすでに奥のほうまで進んできているので、ちょっと困った顔をして立ち止まる。

おせんが笑顔で和之介に告げた。

「お好きなところへどうぞ。今は混み合ってもおりませんし」

「かたじけない、おせんどの。それでは、団欒《だんらん》の折にすまぬが、ちと失礼するぞ」

和之介は小上がりの近くの床几に腰を下ろし、五郎右衛門やおひなに会釈《えしゃく》した。呉服商の二人は平伏しようとしたが、和之介が押しとどめた。

「よいよい、楽にしておってくれ。この輪島屋では、堅苦しいのは無用だ。私は金沢藩の御算用者で、清水和之介と申す。おなつの母方の叔父だ」

「おお、清水さま。お噂はかねがねうかがっておりましたぞ。手前は呉服商瀬田屋の隠居で、五郎右衛門と申します。こちらは孫のひなにございます」

「五郎右衛門どのと、おひなどのか。おや、おひなどの、その着物はお国染ではないか？」

おひなの顔が、ぱっと明るくなる。

「あら、おわかりですか。さすがお目が高《たこ》うございますね。おっしゃるとおり、お国染です。わたし、ほんの子供の頃から、金沢の職人が染めた草花の柄の着物に惚れ込んでおりますの。お国染を生んだ金沢は、わたしにとって憧れの地なのです」

「それはまた嬉しいことを言ってくれる。金沢者として、礼を申すぞ。かたじけないな、おひなどの」

和之介と五郎右衛門、そしておひなは、たちまち打ち解けた様子で話し始めた。武家とはいえ、そろばんを弾くのが仕事の和之介は、商人とも気性が近しい。それに、先ほど和之介自身も言ったとおり、輪島屋で町場の者とおしゃべりを交わすのを楽しんでいるらしい。

叔父さまはおかまいせんでも大丈夫なんや、と、おなつは改めて思う。問題はこっちや、と表戸のそばの床几へ目を向けた。

一人ぽつんと離れた紺之丞は、相変わらずそっぽを向いていた。誰とも目を合わせまいとしているかのようだ。

いや、壁の絵を睨《にら》んでいるようにも見える。輪島の冬を描いた絵だ。欄干《らんかん》にうっすらと雪が乗った伊呂波橋《いろはばし》と、寒々とした河原田川《かわらだがわ》の流れ。対岸に望むのは河合町《かわいまち》（河井町）で、寒そうに身を縮《ちぢ》めた人がこちらへ向かってくる。

紺之丞は、丹十郎のことを知っていると言っていた。輪島屋に飾ってある絵を手掛けたのが丹十郎であることも、丹十郎がおなつの許婚であることも、紺之丞は知っている。

「おなつよ、よいか？」

和之介に呼ばれ、おなつはそちらへ向き直った。

「あ、はい」

「昼餉を二人ぶん、頼むぞ。腹が減っておるのだ」

「すぐにお支度します。鰤大根と粕汁のお膳《ぜん》になりますけど、苦手なものはありませんか？」

「私は差し支えないぞ。あー、その……紺之丞も、よいであろう？」

普段は武士らしく、きびきびとした口ぶりで話す和之介だが、息子との会話となると、そうはいかない。五郎右衛門とおひなが顔を見合わせた。我が子に対して妙に遠慮するものだ、と訝《いぶか》しんだことだろう。

紺之丞は、まるで父の声が聞こえなかったかのように、つんと顔を背けたままだ。おなつは思わず嘆息《たんそく》した。和之介の嘆息も聞こえた気がする。

仕方がない。このままでは仕事に差し障る。おなつは腹を括り、紺之丞のほうへ歩を進めた。

「紺之丞さま、今日のお膳は粕汁がついとるんですけど、どうしましょうか。前はお嫌いやったでしょう?」

七つの頃のこんちゃんは、大抵の子供がそうであるように、酒粕のにおいが苦手だった。粕汁も粕漬けも、酒粕を入れたお煮つけも、お膳に出されると、顔をしかめていたものだ。

紺之丞は、じろりとおなつを睨んだ。

「私をいくつだと思っているんだ? 粕汁は体が温まるから、嫌いではない」

「ほんなら、よかった。すぐに昼餉をお持ちします。苦手なものがあったら、ちゃんと言うてくださいね」

紺之丞が小さくうなずくのを確かめてから、おなつは台所に引っ込んだ。おせんはすでにお膳の支度を始めている。

実は内心、へたり込みそうなほどに安堵《あんど》していた。紺之丞と、ちゃんと会話ができた。仕事に障りが出ないよう、おなつは動くことができたのだ。

「おせんさん、叔父さまと紺之丞さまのぶんも、同じ献立《こんだて》でいいそうです」

わかったわ、と、おせんが応じる。

裏庭から平八の声がしている。牛蒡《ごぼう》や芋、大根や人参などの土を落としながら、九州庵の百合之介としゃべっているらしい。どうやら百合之介もまた、おりょうから同じ仕事を命じられているようだ。

「平八っちゃんの声ばっかり聞こえとるねえ」

おせんがくすくす笑っている。

平八と百合之介は、輪島屋のすぐ裏手にある長屋に住んでいる。部屋が隣同士なのもあって、仲が良いらしい。だが、声が大きくてよくしゃべる平八に対し、百合之介は本当に静かだ。

「気性が違うから、むしろ合うんかもしれませんね」

おなつも笑顔で応じながら、昼餉のお膳を調《ととの》える。

和之介に食べてもらうものをこうして支度するのは、背筋が伸びる心地だ。和之介は頭が切れて品がよく、親切で、見目もまたよい。幼い頃のおなつはひそかに、叔父に憧れていた。剣術の稽古《けいこ》をする姿など、物語の中の英雄《えいゆう》のように格好がよかったのだ。

九州庵の主である齢七十の女傑《じょけつ》、お富祢が、和之介のことを「武家の男らしい色気があるね」と言い表していた。まさしく言い得て妙である。

身だしなみがぴしっと整っていて、隙《すき》も乱れもないからこそ、鬢からこぼれてうなじにかかる後《おく》れ毛だとか、ふと微笑んだときの目元の皺《しわ》の柔らかさ、吐息《といき》のように控《ひか》えめな笑い声に、はっとさせられる。

ふるさと横丁でも、和之介が輪島屋に来てくれた後は、「あのお侍さまを見かけた」「あたしは笑いかけてもらった」といった噂話で持ちきりになる。

むろんと言おうか、紺之丞のほうも、ふるさと横丁の話題にはなる。ただ、和之介への憧れとは違った風合いの話題だ。

「おなっちゃんの従弟さん、すごく男前だけど、ちょっと怖いよね」

そんなふうに言われるたび、おなつは頭を抱えてしまう。

紺之丞はいつも、誰の声にも耳を貸さぬとばかりに、うつむいて足早に歩いていく。腰に二刀を差した武士が、とげとげしい気迫《きはく》を発しているのだ。控えめな言い回しを選んでも、やはり「ちょっと怖い」だろう。

支度が調ったお膳を、まず和之介のもとへ運んだ。いつの間にやら、和之介の手元にもお猪口があって、五郎右衛門と酒談義《だんぎ》に興じていた。

「叔父さまって、お酒がお好きでしたっけ？」

「嫌いではないぞ。何だ、おなつは酒飲みが嫌いか？」

「そういうわけやありません。ただ、叔父さまがお酒を召し上がっているところ、初めて見た気がして」

「うむ、普段はめったに飲まぬ。特にご府内の勤めにおいては、家族と離れて過ごす藩士が酒でしくじりを犯《おか》すことも多い。私は日頃、そうした者を咎める立場にある。それゆえ、昼から酒をひっかけるなぞ、本当に久方《ひさかた》ぶりなのだ。今日だけは大目に見ておくれ」

「それはかまいませんけれど。酔っ払いすぎんように気をつけてくださいね」

「かたじけない」

和之介はすでに目元を少し赤くしている。酒は好きでも、あまり強くないのかもしれない。

おひなはにこにこしている。

「和之介さまは、お武家さまだというのに、そろばん勘定にもお強いのですね。お国染や能登上布《じょうふ》の美しさだけじゃなく、値打ちについてもきちんとお話しできるなんて、素敵ですわ。お話ししていて、本当に楽しゅうございます」

「今の加賀藩とはいかなるものであるかを知っておらねば、御算用者は務まらぬよ。いかなるものかと問われて関ケ原のことばかり語るようでは、行く末が先細っていく一方だ。武家も商いを知り、日ノ本を鳥のように見晴らす目を持たねばなるまい」

叔父の言うことは少し難しい。でも、まったくわからないわけでもない。

それはきっと、おなつがふるさと横丁で暮らすようになったからだ。

輪島にいた頃には、金沢で過ごした経験があったにもかかわらず、輪島の外にも人々の暮らす場が広がっていることに思いが至らなかった。丹十郎から旅先の話を聞かせてもらっても、おとぎ話のように感じられたものだ。

江戸に出てきて一年半ほどになる。最近ようやく、和之介の言う「鳥の目」が開かれてきたかもしれない。

　隣の九州庵の面々の故郷、長崎は、日ノ本の地図を広げてみれば、輪島からも江戸からも実に遠い。料理も言葉もずいぶん違う。だが、軒を連ねて言葉を交わすうち、響き合うものがあると知った。

　おなつは紺之丞にお膳を運んだ。

「どうぞ、輪島の味つけの鰤大根です。かまのところを持ってきました。鱗もきちんと取ってありますし、骨が大きくて身をほぐしやすいから、食べやすいと思いますよ」

　紺之丞は、父のいるほうに背を向け、戸口側を向くようにお膳を置き直した。それから、おなつが見守る前で、ちゃんと食べ始めた。箸を動かしながら、おなつをじろりと横目で睨む。

「ずっと見張っておくつもりか？」

　おなつはぶんぶんとかぶりを振った。

「ゆっくり、よく噛んで食べてくださいね」

　早口で言って目を伏せる。

いつも不機嫌そうに黙りがちな紺之丞が、おなつに対しては正直になる。でも、困るのだ。想いをぶつけられたときは、どうすればよいのかわからず、聞こえないふりさえしてしまった。

……おなつのことが好きだ。ただそれだけなんだ。

なぜあんな言葉を、あんなふうに寂しそうに、おなつに向けてぶつけてきたのか。

がむしゃら《がっぱ》になってみたらどうやろ。

玄太の言葉が救いだ。丹十郎が五か年の務めを終えて一緒に輪島に帰れるようになるまでの間、おなつはただ仕事をする。輪島屋で料理をしながら、丹十郎の帰りを待つ。単純なことだ。

少なくとも、今年はもうじき丹十郎が帰ってくるはずだ。とうに冬になっているのだから、丹十郎と再び会える季節なのだ。

いや、しかし。

おかしいのではないか。だって、去年の冬よりも丹十郎の帰りが遅い。

十一月に入った日、おなつは不安にさいなまれた。丹十郎の文は十月一日のぶんで終わってしまった。十一月が始まるまでには帰るという意味だったのではないか。

……駄目や。仕事に集中せんと。

玄太に教えられたとおり、しゃんとして仕事に向き合っていれば、時がどんどん過ぎてくれる。もやもやとした悩みからも逃れられる。紺之丞とだって話せたではないか。

おなつが丹十郎のためにできるのは待つことだけなのだから、心をしっかりと持って、前を向いていなければ。

突然である。

表戸が勢いよく開いた。

「頼もう！　こちらが輪島屋であるな？」

旅装束《たびしょうぞく》に身を固めた男が、戸口に立った。腰に刀を差している。お武家さまだ。見知らぬお武家さまが、笠《かさ》を取りながら、のれんをくぐって中に入ってきた。

小上がりに腰掛けていた七兵衛が腰を浮かせた。おせんが台所から顔をのぞかせた。日に焼けた顔のお武家さまは、ぐるりと店内を見回すと、おなつを見据《みす》えた。知った顔ではない。

おなつが身を硬くすると、紺之丞の手がすっと動いた。左手が刀に掛かったのだ。

お武家さまはその途端、紺之丞のほうへ鋭《するど》いまなざしを走らせた。紺之丞が動きを止める。睨み合いになる。

だが、再びおなつを見たとき、お武家さまの目からは鋭さが消えていた。どこか哀《あわ》れみを帯びたような目だと、おなつは感じた。

「そのほうが、おなつか」

「は、はい」

「いろは屋丹十郎を知っておるな?」

どきりとする。

「もちろんです。あの、あたしに何のご用でしょう?」

お武家さまは、奥のほうまでは決して聞こえないくらいのひそやかな声で言った。

「拙者《せっしゃ》、間宮《まみや》さまつきの徒士《かち》である。そう申せばおなつには伝わる、と聞いておるが、わかるか?」

徒士というのは、より位の高いお武家さまにお仕えする武士のことだ。

相手の言葉に、おなつはうなずいた。

間宮林蔵《りんぞう》は、丹十郎の上役だ。松前奉行の下で蝦夷地の探索をおこなっている人で、十年余りの歳月をかけ、島々までを含む蝦夷地の全土を歩き回った。蝦夷地の地図の海岸線をすべて明らかにしたのが間宮である。

丹十郎はその間宮の下で、いまだ地図において空白となっている内陸部の探索を進めている。アイヌと呼ばれる民の村を訪ね、狩りや料理、商いの様子を聞いて回るのも務めであるらしい。

おなつはごく簡単に、そんな仕事をするのだと聞かされている。おなつにだけは話してよいと、間宮が丹十郎に許したそうだ。

商家生まれの船乗りだった丹十郎は今、ご公儀の隠密の任を果たすにあたって、武士と同じように苗字《みょうじ》帯刀《たいとう》を許されている。実は、間宮ももとは百姓の生まれである。武士に交じって探索の任に駆り出されたのは、その健脚《けんきゃく》と測量の才を見出されたためだった。

間宮は丹十郎に若い頃の自分を重ねて、面倒を見てくれているらしい。五か年の務めを終えれば輪島に帰ってよい、という約定を松前奉行のお偉方《えらがた》に取りつけてくれたのも、間宮だった。

その間宮からの使いが、おなつを訪ねてきた。丹十郎が帰ってくるはずの頃になって、唐突に。

おなつは血の気《け》が引くのを感じた。それでも懸命に足を踏みしめ、徒士としか名乗らない相手に再び尋ねた。

「どういったご用件でしょうか？」

徒士の目がちらりと動いた。紺之丞が早口で応じた。

「かまわぬ。私はおなつの従弟だ。奥にいる武士は我が父、おなつの叔父である。いろは屋丹十郎の事情は仔細《しさい》に調べてある。この店の客も、丹十郎がご公儀の勤めのために一年の大半をよそで過ごしているのを知っている」

徒士は軽く顎を引くようにした。うなずいたのだろう。唇をほとんど動かさず、ささやくように低い声で、徒士は告げた。

「丹十郎はまだしばらく戻れぬ。よしみを通じてならぬ相手と親しくしてしまった。それが咎められ、調べを受けることとなった」

「え……」

徒士から近いところにいるおなつと紺之丞にしか、その声は聞き取れなかっただろう。

おせんや和之介たちが固唾《かたず》を呑んでいる気配が、おなつの背中に伝わってくる。体が硬く冷たくなって、動けない。

丹十郎さんが戻ってこられない？　調べを受けている？

紺之丞が徒士にささやき声で問うた。

「その相手とは？　アイヌか？」

誰と親しくしたために丹十郎は咎められたのか、という問いである。

丹十郎は無邪気だ。二十をとうに超えているのに、子供のように屈託《くったく》なく、誰とでも親しくなれる。垂《た》れがちの目でにっこり笑って、どんな相手との会話も弾ませる。仲良くなってはならない人と仲良くしてしまったというのも、おなつには想像できる。

徒士はかぶりを振り、声を出さずに口の形だけで答えた。

「露国《ろこく》の兵だ」

見間違いではないはずだった。露国、という北方の異国のことは、丹十郎の口からも聞かされたことがあったのだ。

蝦夷地をはじめとする日ノ本の近海には、この頃、露国の船が頻繁《ひんぱん》に行き来している。

おなつも、輪島の沖にそれらしき船影を見たことがあった。その船は弁才船よりずっと大きく、三本の帆柱《ほばしら》を備えていた。こちらに向けて大筒《おおづつ》を撃ってくるかもしれないというので、輪島の男衆が交代で見張りをした。そうするうちに、船影はいなくなった。

日ノ本の民が異国の者と接することは、ご公儀の法で禁じられている。長崎だけが特別で、オランダや唐土との商いが許されている。だが、露国はいずれの地でも、誰も関わってはならないはず。そんなことは、日ノ本に暮らす者なら、子供でも知っている。

紺之丞がおなつを見た。ちらりとではなく、顔も体もこちらへ向けて、おなつのほうをうかがっている。

おなつは口を押さえて一言も発せられないまま、ただ徒士の顔ばかり見つめていた。

徒士が皆に聞こえる声で、改めて用件を告げた。

「丹十郎はいましばらく戻らぬ。上役が日頃より丹十郎を気に掛けておるゆえ、こうして拙者が使いの任を申しつかった。知らせるべきことが入り次第、またこちらへ参る。しかし、おなつとやら。そう心配せずともよいと、俺は思うぞ」

その言葉の後ろのほうは、今までになく柔らかな響きだった。拙者ではなく俺と言ったとき、徒士が励ますように微笑むのを、おなつは見た。

おなつは、しかし、微笑み返すことはできなかった。お辞儀《じぎ》をすることさえ忘れて、去っていく徒士を呆然《ぼうぜん》と見つめていた。


それからどういう受け答えを経て二階に引っ込んだのか、おなつは覚えていない。

輪島屋の二階には、おせん七兵衛の夫婦の部屋と、おなつに与えられた小部屋と、納戸《なんど》が二つある。おなつは自分の部屋ではなく、階段のいちばん上にへたり込み、壁に体をもたせかけていた。

「おなっちゃん」

おせんに顔をのぞき込まれ、ようやく我《われ》に返る。

「あ……ごめんなさい。ぼうっとしとって」

「いいんやよ。叔父さまたち、そろそろ帰られるって。ごあいさつしたらどうけ？」

「はい。行きます」

笑顔をつくって応じたが、頬がぎしぎしと軋《きし》むかのようだった。

眉間に皺を寄せていた和之介は、おなつが下りていくと、ほっと目元を緩《ゆる》ませた。心配かけてごめんなさい、と言おうとしたが、うまく言葉が出てくれない。

和之介はおなつのほうへ軽く身を屈《かが》め、耳打ちした。

「松前奉行という役所は、この文政四年（一八二一）にて閉じることが決まっておる。蝦夷地探索の任をおおよそ終え、露国の危機は差し迫ったものではないと判断されたためだ。来年以降、蝦夷地の政《まつりごと》は松前藩が預かるという旧来のやり方に戻る」

「え？　お役所が……？」

「役所が新たにできたり、その務めを終えて閉まったり、責《せき》のありかがよそへ移ったりするときは、何かとごたごたしてしまうものだ。丹十郎どのはそのはざまにあって、松前藩の下で調べを受けておるのだろう」

おなつは紺之丞を見た。紺之丞はおなつを見つめていた。

父と話したがらない紺之丞が、先ほど告げられた丹十郎の処遇《しょぐう》について、和之介に伝えてくれたのだ。和之介は金沢藩の上屋敷における御算用者の中でも一目置かれている。その立場ゆえ、蝦夷地にまつわるご公儀の機密さえも、いくらかはつかんでいるらしい。

心配げな顔をした五郎右衛門とおひなが、黙ったままおなつを見つめている。せっかくの鰤大根の昼餉が台なしになってしまったのではないか。おなつは申し訳なくなって、うなだれるように頭を下げた。

「ごめんなさい。あの……」

いいのよ、と、おひなが優しい声で応えてくれた。おなつは顔を上げる。それでも、誰とも目を合わせることができない。

和之介は昔のように、おなつの頭をぽんぽんと優しく叩いた。せっかく結った髪が崩れそうだけれど、おなつは叔父にそうしてもらうのが好きだった。

「それではおなつ、こちらでも何かわかれば知らせる。またな」

静かな声で告げ、和之介は店を出ていった。紺之丞はまだ動かない。和之介の背中を横目で睨んでいたが、おなつに向き直ると、ぼそりと言った。

「私なら、おまえをこんなに心配させない。おまえを一人になどしない。おまえが江戸で暮らしたいなら、私が江戸定詰めの勤めに就く。若殿さまにもその旨、お伝えしている。だから、離れ離れになることはない」

言うだけ言って、紺之丞は足早にのれんをくぐっていった。

おなつはなおも、うなだれていた。

心が重い。頭が重い。何だか息苦しくて、胸が痛い。泣きたいのかもしれない。でも、涙は湧いてこなかった。ただ途方《とほう》に暮れて、立ち尽くすことしかできずにいた。

第三話　かぶらずしと大根ずし

一

丹十郎はときどき難しいことを言った。

「祈りというものは、いつ、どこで、誰が考え出したものなんやろうね」

答えることのできないような問いを、不意に立てるのだ。ずいぶん難しいことを思いつくもんやなと、おなつは面食《めんく》らってしまう。

そういうことは、ときどきあった。いや、しょっちゅうあったと言ってもよいように思う。それなのに、細かなことの一つひとつは覚えていない。祈りにまつわる問いのほかに、丹十郎はどんなことを言っていただろうか。

いや、覚えていないのではない。思い出というものは、すっかり消え去るのではなく、普段は心の奥底に眠っている。ふとしたときによみがえってきて、胸を刺す。ああそうや、こんなことがあったんや、と泣きたい気持ちを連れてくる。

おなつは毎朝、蛭子宮《えびすぐう》にお参りするようになった。

お宮に祀《まつ》られている恵比須さまは、七福神の中でも海を司《つかさど》る神さまだ。故郷では輪島崎村《わじまざきむら》に恵比寿さまのお堂《どう》があって、船乗りも漁師もその家族も、海の守りをお願いするため、足を運んでいた。季節ごとに、恵比須さまのお祭りもあった。

深川の蛭子宮の参道は、いつもきれいに掃《は》き清《きよ》められている。その参道の隅っこを、おなつはうつむいて足早に進む。白い息が口元からあふれるのが見える。

お堂の前に至ると、恵比須さまへのごあいさつもそこそこに、ただ祈る。

「丹十郎さんが無事に戻りますように」

祈りのために蛭子宮に足を運ぶようになって、そろそろひと月になる。もう師走《しわす》だ。間宮林蔵つきの徒士であると名乗った男は、あれっきり一度も輪島屋を訪れていない。便りのないのはよい便りだよ、と、おせんやおりょうは励ましてくれる。おなつもそう信じたい。

「丹十郎さんが無事に戻りますように」

……あたしはなぜ、こんな不安に陥《おちい》ってしまう前に、ちゃんとお祈りをせんかったんやろう？　いつもそうや。悔《く》いてばっかりや。

丹十郎の乗る弁才船が難破し、ほかの皆は岸辺に流れ着いたのに、丹十郎だけが行方知れずになった。あのときも悔いて悔いて悔いて、遅ればせながら一生懸命に祈った。祈りながら悔い続けていた。

いつだって、なぜもっと信心深くいられないのだろう、と自分を責めることになる。呑気に構えていて、あとはもう祈るしかないというところまで追い込まれて、それで初めて必死になるのだ。

何て滑稽《こっけい》なんやろう？　何て愚《おろ》かなんやろう？

丹十郎は輪島で過ごす短い間、毎朝、お宮に詣《もう》でていた。鳳至《ふげし》町《まち》の住吉宮には、蛭子宮と同じように海を守る神さまが祀られている。

川向かいの河合町の重蔵宮《じゅうぞうぐう》や、輪島崎村のほうへお参りに赴《おもむ》くこともあった。輪島じゅうにあるお寺を順繰りに歩いて回っていることもあった。なぜそんなに祈りの場が好きなのか、おなつは不思議に感じていた。

ちっとも不思議なんかじゃないわ。

人は無力だ。祈ることしかできない、というときは、いくらでもある。

「丹十郎さんが無事に戻りますように……！」

白い息を吐きながら祈る。長い時はかけられない。輪島屋の朝が始まる前の、ほんのひととき。おなつは一心に祈り、足を引きずるようにして、蛭子宮を後にする。

その日はひときわ冷え込んでいた。朝一番に外に出ると、白々とした雪が積もり、星明かりを映していた。

江戸の冬は輪島より暖かい。輪島と違って、地吹雪《じふぶき》に見舞われる日もほとんどない。それでも、朝晩にうっかり薄着で外に出れば、寒さが身を刺すものだ。震えてしまうその寒さが、今のおなつにはちょうどよく思える。明かりもつけずに薄暗い道を行くのも、ちょうどよい。

蛭子宮はひっそりしている。小さなお宮だ。まだ暗いうちからお参りする者など、おなつのほかにいない。

そのはずだった。

鳥居《とりい》をくぐったところで、明かりがあるのに気づいて驚いた。先客がいたのだ。提灯《ちょうちん》を手にした先客の姿を確かめて、二度驚く。

「百合之介さん？」

ほっそりとした立ち姿の、毛並みのよい猫に似た人が、白い息を吐きながらおなつを見つめている。百合之介は黙ったまま会釈した。

しばし、間が落ちた。

百合之介は小首をかしげ、こちらへどうぞ、と手振りで示した。

おなつは歩を進めた。招きに応じたわけではないが、百合之介のほうへ行かないと、お堂に手を合わせることができない。

近づいていくと、百合之介は不意に、おなつのほうへ綿入《わたい》れの羽織を差し出してきた。派手な青い更紗《さらさ》模様に見覚えがある。おりょうのお気に入りの羽織だ。

百合之介が口を開いた。

「おりょうさんから預かってきた。着たら温かい。ほら」

有無を言わさず、というほどには強引でもなかったが、百合之介が着せかけてくれる羽織を、おなつは拒《こば》みそこねた。おりょうのほうがおなつより背が高いので、袖が長すぎる。指先まで隠れてしまうくらいだ。

おなつは百合之介にごまかし笑いを浮かべてみせた。

「あの、あたし、別に寒くなんてないんですよ。こうやってお参りをするのも、好きでやっていることだし、心配されるようなことなんてないんです。百合之介さんもお参りに来たんでしょう？　お邪魔やったかしら？」

百合之介はかぶりを振った。少しの間、考えるそぶりで宙《ちゅう》に目を向けていたが、やがておなつを見つめて言った。

「ここでおなつさんに羽織を着せるように、おりょうさんから頼まれた。平八さんと七兵衛さんが、蛭子宮は暗いだろうって心配して、提灯を俺に持たせた。連れ戻すのはできないだろうから黙って待ってるようにって、おせんさんに言われた」

「えっと……どうして百合之介さんが？」

「さあ？」

首をかしげ、それっきり言葉が続かない。

百合之介は、本心のありかがよくわからない。どこか頼りなく、抜け殻《がら》のようにも迷子のようにも見えてしまう。おなつのほうこそ、百合之介を放って帰るわけにはいかないと思えてくる。

つまりはそういうことだろうか。相手がほかの誰でもなく百合之介だからこそ、おなつは一人になれないのだ。輪島屋、と銘の入った提灯を見つめる。

「あたし、みんなに心配ばっかりかけとるんですね」

百合之介はこっくりとうなずいた。ごまかされてしまうより、気が楽かもしれない。

「心配だ。まだ暗いのに、一人でうろうろするのはよくない」

「わかってます。わかってるんです」

「ここでお祈りしたら、落ち着く？」

「いえ、あんまり。落ち着くわけやないんです。でも、あたしには祈ることしかできんから。なのに、そのくせ、祈りながら、縁起の良し悪しなんてものがなければいいとも思ってしまう。あたし、頭の中がぐちゃぐちゃなんです」

「縁起の良し悪しが、なければいい？」

「丹十郎さんとの約束を守れんかった日があるんです。そのせいで悪縁を引き寄せてしまっとったら、どうしよう？　それに、あたしが信心深くないせいで神さまを怒らせとるかもしれん。その罰《ばち》が丹十郎さんに向かってしまったら、どうしよう？」

毎月一日に開けるようにと言われていた手紙を、晦日の夜が明ける前に読んでしまった。丹十郎が一度いなくなったときに懲《こ》りたはずなのに、江戸での暮らしの慌ただしさに追い立てられ、きちんとお祈りする気持ちを忘れていた。

それに何より、紺之丞のことで、おなつは惑ってばかりなのだ。

紺之丞がときどき輪島屋に顔を見せに来てくれると、やっぱり嬉しく感じてしまう。幼い頃から知っている従弟なのだ。知り合いの少ない江戸において、本当に特別な相手。だが、紺之丞の強いまなざしで見つめられると、どうしていいか、わからない。

どっちつかずなところでふらふらしている。もしも神さまがおなつのことをご覧になっているのだとしたら、罰を与えるべきだとお考えになるのではないか。

「罰は、あたしの身に降りかかればいいのに」

ぽつりと漏らした本音に、百合之介がそっとかぶりを振った。

「そんなことを口にするものではない。おりょうさんがそう言っていた。自分のことをないがしろにするのは、いけない」

百合之介の言葉も、慰《なぐさ》めにはならない。でも、耳障りなどでは決してない。

「気をつけます」

「俺も、気をつけているんだ」

「自分をないがしろにすると、おりょうさんに叱られるから？」

「うん。俺は自分の行く末なんて、本当はどうでもいい。だけど、それを口にすると、おりょうさんに悲しい顔をさせてしまう」

「おりょうさんは正しい。だって、強いもの。強いから、正しくいられるんや。あたしはそうやない。ほんと、自分のことが嫌になる」

おなつはいつの間にか自分自身を抱きしめるようにして、羽織の袖の内側で、腕に爪を立てている。痛みが心地よい。だが、その格好が寒そうに見えたのだろうか。百合之介が首巻を外し、おなつに差し出した。

「これもつけたらいい」

「大丈夫。寒くありませんから」

「寒いというのが自分ではわからなくても、身につけて。おなっちゃんは体の芯が冷えているみたいだって、おりょうさんが言っていた。おなっちゃんの顔色がよくないって言って、近頃ずっと心配している」

「ありがとうございます。でも、本当に平気。あたしはもっと寒いところの生まれなんです。百合之介さんこそ、寒いんじゃないですか？　江戸は長崎より寒いって、おりょうさん、いつも言ってますから」

百合之介は素直に首巻を引っ込めた。もとのとおり、自分の首に巻きつける。まるで子供がやったみたいに、不格好に歪んだ巻き方になった。おりょうか平八がここにいたら、せっせと手を焼いて、きれいに巻き直してやることだろう。

空が次第に白んでくる刻限である。

重く垂れ込めた雲は陽光をさえぎり、どんよりと暗いままだ。

お堂のほうまで歩を進めると、明かりを持った百合之介もついてきた。恵比須さまに手を合わせるおなつのそばで、百合之介は白い息を吐きながら、花のようにじっとたたずんでいた。

おなつはもう百合之介にかまわず、祈り続けた。

丹十郎さんが無事に戻りますように。

あたしはどうなってもいいさけ、丹十郎さんが無事に戻りますように。

二

蛭子宮で百合之介と話した、その日の昼である。

近所でちょっとした火事が起こった。三十間川《さんじっけんがわ》を挟んで向かい側の、深川島田町《しまだちょう》だ。小屋が燃えている、という声が聞こえてきた。

鳶の比呂助とその弟分の正平が、まさに今から昼餉を食べようとしていたところだったのだが、火事の知らせを受けた途端に顔色を変えた。

「島田町だって？　火が北風にあおられたら、材木置き場に燃え広がるぞ！」

「兄貴、行きやしょう！」

取るものも取りあえず、湯気を立てる昼餉もそのままにして、鳶の二人は輪島屋を飛び出していった。

鳶は日頃、大工《だいく》と力を合わせて家を建てる仕事をしている。普請《ふしん》の指図を出すのが大工で、鳶は主に高所での仕事を担うものだ。その身の軽さと、建物の造りを知り尽くしていることを買われ、いざ火事が起こったときには町火消《まちびけし》としても活躍する。

「おらも行ってくるちゃ！」

台所を手伝っていた平八が、思わずといった様子で飛び出していったが、さほど経たないうちに戻ってきた。

「どうやったん？」

「心配ないちゃよ、おなっちゃん。比呂助さんと正ちゃん、とても《まんで》すごいがよ。橋を渡ったら遠回りになるからゆうて、三十間川で荷運びをしとった舟を足場にして、ぴょんぴょん跳んで向こう岸に行ってしもた。源《みなもとの》義経《よしつね》の八艘跳《はっそうと》びみたいやった！」

いち早く向こう岸の深川島田町にたどり着いた比呂助と正平は、すぐさま火消しに取りかかった。

上背《うわぜい》があって人目を惹く比呂助が、端整《たんせい》な顔を凛々しく引きしめて、周囲の者に指図を飛ばした。水の張られた天水桶《てんすいおけ》を見つけ、みずから進んで水を運んでは、火元の小屋にぶっかける。右往左往していた人々も、次第に我に返って比呂助を手伝い始めた。

その隙に、正平は、今にも延焼しそうな隣家を壊しにかかった。柱に縄《なわ》をかけ、然《しか》るべきほうに向けて思いきり引っ張る。そうすると、ぺしゃりときれいに倒れるように、家というものは造られている。

正平は前髪こそ落としているものの、まだ二十にも届かない若者だ。三十ほどの比呂助と比べると、線が細くて頼りなげに見えてしまう。

その正平が一人でてきぱきと働くのを見て、浮足立《うきあしだ》っていた人々も冷静になれたようだ。正平と力を合わせて縄を引き、建物を壊して、延焼を食い止める。

次々と手伝いが駆けつけたおかげもあって、火事は小屋ひとつを焼いただけで消し止められた。どこから火が出たのかは、自身番から飛んできた目明かしが調べることになったらしい。

比呂助と正平は、あちこち泥《どろ》や煤《すす》をくっつけて、輪島屋に帰ってきた。八面六臂《はちめんろっぴ》の活躍をしてきたらしいのに、照れたような笑みを浮かべるばかりで、ちっとも偉ぶったところがない。

「せっかくよそってもらった飯が冷めちまった。すんません、おせんさん」

すらりとした長身を丸めるようにして、比呂助が頭を下げる。隣で正平もぺこりとする。

「いいえ、ご苦労さんでした。温かいのを、すぐによそい直してきますからね」

おせんがねぎらうと、比呂助と正平は、ほっとしたように白い歯を見せて笑った。

平八が、裏庭に出る勝手口のところで二人を手招きした。

「比呂助さんも正ちゃんも、井戸を使ってくださいよ。顔も手も汚れてしもて、男前が台なしになっとる。ほら、こっちに！」

「ありがとう。汗もかいたんで、体を拭《ふ》かせてもらえると助かる」

「あ、じゃあ、手ぬぐい持ってくるちゃ！」

比呂助の背中には、見事な花の彫物があるらしい。おなつはちょっと気になったが、のぞき見するなんて、とんでもない。平八と比呂助と正平が出ていった勝手口をきっちりと閉め直し、台所に戻っておせんの手伝いをした。


そんなひと騒動があって、比呂助と正平が帰っていった後は、客足が途絶《とだ》えた。

「師走も半《なか》ばやもの。みんな、そうのんびりもしとられんでしょ」

おせんが言うとおり、おなつもまた、正月料理の支度に本腰を入れたところだ。母に習ったとおり仕込み始めたのは十一月の半ば過ぎだったが、そろそろ本番である。

「今年もうまく作れたらいいんやけど」

「大丈夫やよ、おなっちゃん。あたしも手伝うから」

金沢の正月に欠かせないのは、かぶらずしだ。

すしといっても、江戸で人気の握りずしとはまるで違う。握りずしは、味つけした魚を酢飯にのせたもので、おむすびほどの大きさに作る。酢の味つけは、古くからあるほうのすしの味わいを模《も》したものだ。

もともと、すしは手間暇がかかる料理だった。握りずしよりひと手間多く、ひと晩押して作るのは「早ずし」という。それに対して、本当に古くからあるものは「馴れずし」という呼び方をする。

金沢の正月料理のかぶらずしは、馴れずしである。一日二日どころではなく、じっくりと時をかけて作る。

かぶらずしを仕込むには、まず、鰤の塩漬けを作るところから始める。鰤はさくにして、たっぷりの塩で漬けておく。ほどよいくらいに漬かるまで、ひと月から四十日ほどかかる。だから、十一月のうちに仕込みを始めないといけないのだ。

おなつが今年、塩漬けに仕込んだのは、鰤ほどには大きく育っていない、がんどだった。平八が魚河岸に行って、姿がよくて脂がのった一匹を見つけてきたのだ。やはり鰤は手に入りにくい。鰤大根を求めて輪島屋に来るお客さんも多いが、がんど大根を食べてもらっている。

おせんは、がんどを捌く平八の手際《てぎわ》を見物しながら、懐かしそうに言ったものだ。

「能登の鰤だって、見事なもんやったんやよ。御用鰤っていって、お殿さまに献上する宝物みたいな魚なんやからね。金沢のお武家さまやお大尽《だいじん》でも、なかなか手に入れられないんやってさ。やからこそ、正月の特別な料理に使われるんや」

脂ののった冬の鰤はまた、巻き鰤にして保存にも充《あ》てる。二枚か三枚におろしたのを半月ほど塩漬けにし、さらに半月ほど軒下《のきした》で寒風にさらしておく。それから藁で包み、荒縄を巻きつけて、そのまま夏まで軒下に吊《つ》るすのだ。

巻き鰤の食べ頃は暑さの盛《さか》りの時季だ。薄い削《そ》ぎ身にして三杯酢をかけたのを、おなつの父は酒の肴に喜んでいた。

おなつはぼんやりと故郷のことを思い描きながら、手元の仕事を進めていく。

がんどの塩漬けの一方で、かぶらも塩漬けにしておいた。これまたじっくりと漬け込んで塩を馴染ませるから、かぶらずしを作るためには、筋張っていて硬いくらいのかぶらがちょうどいい。

ところが、そういうかぶらは、思いのほか手に入らないものだ。おなつが去年、一人で青物売りを訪ねていったときは、見つけられなかった。おせんに相談すると、眉尻を下げて、ううん、と唸った。

「柔らかくて甘いかぶらがあるよって、八百屋《やおや》の店先ではそんなふうに呼びかけるもんやろ。でも、柔らかいかぶらやと、かぶらずしにしたときの歯ざわりがよくないんやよね」

それで、おせんや馴染みの青物売りにも骨を折ってもらって、硬いかぶらを探し回り、ようやく手に入れたのだ。

一緒に苦労してくれた青物売りにも、年明けにはかぶらずしをお裾分けした。そうしたら、ずいぶん気に入ってくれたらしい。今年は何も言わないうちから、「歯ごたえ抜群のかぶらを取り分けておいたよ」と持ってきてくれた。

「おなっちゃん、こたびも楽しみにしてくれとるお客さんがおるんやから、しっかりやらんとね」

おせんがそう言って背中を押してくれる。おなつは「はい」とうなずいて、おろそかになりがちな手元に集中する。今日はいつにも増して、気が散ってぼんやりしてばかりだ。しっかりしなくては。

かぶらは、葉と根を落とし、二枚の輪切《わぎ》りにする。切り口と水平に、ばらばらにならないように気をつけて切り込みを入れ、塩漬けにする。塩に漬けた後、その切り込みに、削ぎ切りにした塩漬けの鰤を挟むのだ。

かぶらずしは、家ごとに作り方があり、味わいが異なる。えびすと同じだ。祝い事やお祭りに欠かせないえびすは、卵を溶《と》き入れた出汁を寒天で固める料理で、それぞれの家の味がある。

今年のかぶらずしは、おせんも迷いのない手つきで、一緒に作ってくれている。おなつがいなくても作れるくらい、去年の一度で覚えてしまったのだろう。

このかぶらずしも、おせんの手によって輪島屋の味になっていくのだ。おなつが江戸を離れて輪島に戻っても、作り続けてくれるはずだ。

ふと、おなつの手がまた止まる。

……輪島に、戻れるやろか。

おなつは輪島で丹十郎と祝言を挙げる約束だ。丹十郎はいろは屋の末っ子なので、自分がおなつのところの婿になる、と言ってくれている。おなつは母から受け継いだ輪島と金沢の料理の味を、大切に守っていく。

そうなるはずだった。

幼い頃からずっと、道はきっとそんなふうに続いていくと思っていた。それなのに、丹十郎が蝦夷地から戻ってこない。おなつを一人置いて、今どこにいるというのか。

……もしもこのまま一人になったら、あたし、どこでどうやって生きていったらいいんやろう?

「おなっちゃん、はい、甘酒」

おせんに湯呑《ゆのみ》を差し出され、おなつは、はっと我に返った。

「ありがとうございます」

「甘酒を味見せんけ。ひと休みやよ」

昨日、おせんと一緒に甘酒を仕込んだ。かぶらずしを作るには、甘酒がいるのだ。米と麴《こうじ》を合わせ、ほどよいぬくさを保《たも》っていたら、ひと晩で甘酒は出来上がる。砂糖も蜜も入れないのに、とろりと甘くなるのだから不思議だ。

「おいしいです」

「江戸じゃあ、熱い甘酒は夏の風物詩《ふうぶつし》やけど、あたしに言わせりゃ、やっぱり寒くなってから、味見でこっそり飲むもんやよ。台所で、立ちっぱなしでね。そやから、師走の風物詩や」

「あたし、五つの頃に初めて料理の手伝いをしたのが、かぶらずしの甘酒の仕込みやったのを覚えとります。こたつの中に入れて、冷めちゃいかんし、熱くなりすぎてもいかんから、甘酒の鍋の隣にいて、番をしといてって母に言われとって」

こたつがぽかぽかと心地よかった。そのくらいのぬくさが甘酒にとってもちょうどいいらしかった。

おなつが見張り番をしていた鍋のお米は、ひと晩経ったら立派な甘酒になっていた。かぶらずしの仕込みの余りを、おなつももらった。温めた甘酒は、舌や喉がびりびりするくらい甘くて、この上なくおいしかった。

「明日は師走の十三日。煤払いの日や。ふるさと横丁でも、みんな店を閉めて、一年ぶんの埃《ほこり》を払って大掃除をする。そしたら、次の日には男衆が餅をついてくれる。女衆は餅を丸めたり、四角い木箱に詰めたりやね。お郷ごとに、餅の形はいろいろやから」

「餅つきの日、楽しみですね。去年の餅つきはお祭りみたいやった」

「うちと九州庵の二軒だけやった頃は、自前で餅がつけなくってね。五郎右衛門さまの伝手《つて》で菓子屋に頼んどったね」

「鳶の比呂助さんたち、この時季には餅つきにも駆り出されるから大忙しだって言っとりましたね。今日のお昼みたいに、冬場は火事が起こりやすくて火消の仕事が増えるから、ただでさえ気が抜けんがに、餅つきまで請《う》け負うやなんて」

「威勢がよくて男前の火消たちに餅をついてもらったら、いかにも縁起がよさそうやもんね。ふるさと横丁は男手が十分やから、比呂助さんたちの世話にならずに済むけれど。それにしても、目と鼻の先で火事が起こったってのは怖いねえ」

本当ですね、と、おなつは応じた。おなつもおせんも火を見てはいないが、煙《けむり》のにおいは三十間川を越えて伝わってきた。

甘酒をごくりと飲んだおせんが息をつく。うっすらと白い湯気がおせんの口からたゆたった。

おなつは、ふう、と甘酒に息を吹きかけてから言った。

「心配事といえば、ふるさと横丁の男衆、風邪っぴきが多いですよね。平八っちゃんは一日でけろりと治ったけど、同じくらいに倒れちゃった男衆は体の節々が痛むとかで、なかなか動けるようにならんのやって。さすがにそろそろ治った頃やろうか」

「一応、下火になってきたみたいやね。おりょうさんがあちこちに駆り出されて、げっそりしとったわ。去年から流行《はや》ってるあれやよね。ひどい熱が出ても、大抵は二、三日で引くけど、まれに長引く人がおる。咳《せき》がなかなか落ち着かん人もおる」

あれというのは、ダンホウ風邪のことだ。たちの悪い流行り病である。今年の初めから春先にかけてはひどかった。去年の晩秋や冬にもそれなりに流行っていたが、一度かかって治ったら、二度目はかかりにくいらしい。

おせんや七兵衛、おりょうたち九州庵の面々は去年、流行り始めの早々に熱を出した。お互いにうつし合ってしまったようで、輪島屋と九州庵が仲良く店を閉めることになったのだ。

そのとき、おなつはかからなかった。おせんが気を回してくれたおかげだ。どうやらあの流行り風邪らしいと察した時点で、おなつを裏の長屋の空き部屋に移した。おせんたちの熱が引いて咳が落ち着くまで、五日ほどは会わせてもらえなかった。

さて、と、おせんは湯吞を置いた。

「かぶらずしの仕込みを済ませてしまわんけ。おなっちゃんは、大根ずしのほうもよろしくね」

「はい」

大根ずしも、正月料理だ。こちらはかぶらずしほどの手間暇がかからない。おなつが母から教わったやり方では、大根を三晩ほど塩漬けにしておく。薄切りにしたところへ挟み込むのは、身欠《みが》き鰊《にしん》だ。からからに乾かした鰊のことで、身が欠けやすいから、身欠き鰊と呼ぶ。それを米のとぎ汁にひと晩つけて、やわらかくしておく。

鰊は蝦夷地で獲れる魚だ。夏場にたくさん網にかかるという。乾物にした身欠き鰊や、畑の肥やしにするための鰊かすを、弁才船が仕入れる。弁才船は、奥州や北陸などの湊町で鰊を商いながら、天下の台所、大坂を目指す。

輪島では身欠き鰊が手に入りやすかった。金沢でも大根ずしを作るくらいだから、輪島と同じだろう。ところが、江戸では手に入るものの、なかなかに値が張る。そのことにはちょっと驚かされた。

かぶらずしも大根ずしも、仕上げの仕方は同じだ。甘酒に漬け込んで、十日余り馴染ませる。年を越す頃にはおいしくなっているはずだ。

ひと仕事終えたところで、おなつは小さく震えた。足下から冷えが這《は》い上がってきたのだ。

夕闇が迫る刻限である。そろそろのれんをしまっていいだろう。

富岡八幡宮《とみおかはちまんぐう》の門前町に立ち並ぶ料理茶屋は、これから忙しくなるようだ。そちらへ足を向けることはほとんどないが、夜通し明かりがともっているのは、江戸ならではだと感じる。輪島の夜はもっと暗くて、そのぶん星の光が強かった。

大根ずしを仕込んだ桶を抱えようとしたら、ぐにゃりと目の前が歪んだ。頭が重い。何事が起こったのかわからないまま、気づいたら、床が妙に近くにあった。へたり込んでしまったらしい。

「おなっちゃん？」

肩に温かいものが触れた。おせんの手だ。おなつは顔を上げようとしたが、やはり頭が重い。無理やり開いた目に、夕刻の淡《あわ》いはずの光が突き刺さってくる。

「あれ……？」

「ちょいと、おなっちゃん、どうしたん？　具合悪いが？　ああ、顔が真っ赤やわ。熱があるんじゃないけ？」

熱があって顔が赤いのなら、ほてりを感じそうなものだ。でも、おなつが感じているのは寒さだけ。体の芯から震えが起こる。

「寒い……」

「ダンホウ風邪かもしれんね。こういうときは早めに休むまし。ここんとこ、気苦労が絶えんかったし、体も弱ってしもとったのかねえ」

おせんはおなつより背が低いが、力持ちだ。ふらつくおなつを立たせると、しっかり支えて、二階の部屋まで連れていってくれた。

「大丈夫です。大丈夫……」

うわごとのように繰り返す自分を、離れたところから見下ろしているような心地だった。本当は、ちっとも大丈夫なんかじゃなかった。

布団に体を横たえたと思ったら、そのまま沈み込むみたいに、浅く長い眠りに落ちた。

途切れ途切れの夢を見ながら、頭が痛くて半分目覚め、背骨や節々が軋んではまた目覚め、まぶたを閉ざしていてもまぶしくて目覚めた。

枕元に置かれた湯呑には、いつも水が注《そそ》がれていた。喉がひりつくほどの渇《かわ》きを覚え、水を飲み、また眠る。

厠《かわや》に行くことすらせずに、おなつはただ眠ってばかりいた。

「ダンホウ風邪ですね。おなっちゃんってば、寒さに強いからって、毎朝の蛭子さま参りで体を冷やしてたでしょ。気も体も弱ってたんじゃ、病にもかかっちまうって」

おりょうが枕元でおせんに告げるのを、夢うつつに聞いた。

寝込むほどの風邪なんて、子供の頃以来だろう。かつては母がすぐそばで看病してくれていた。さほど広い家ではなかったから、針仕事をする母の姿が布団からでも見えていた。呼べば、すぐに来てくれた。

でも、今は一人だ。

寒い、痛い、寂しい。そんなことばかりを繰り返し感じながら、おなつは、長い夢を見ていた。

三

丹十郎がそこにいるから、夢を見ているのだとわかる。

思い出を夢に見ている。かつて丹十郎が笑顔でおなつに言ったのだ。

「おなっちゃんは、輪島から出たことがあんまりないやろ？　子供の頃に金沢に行っていたことがある、そのときだけや。俺、おなっちゃんと一緒に能登を巡る旅をしたいんや。知っとるようで知らんところばかりやからさ」

「能登巡り？　でも、丹十郎さんはもう、あちこち見てきとるんでしょう？　わざわざあたしと行かんでも……」

おっかなびっくりのおなつとの旅では、丹十郎が目に焼きつけたいものとも出会いそこねてしまうのではないか。

「俺は、おなっちゃんと一緒に行きたいんや。おなっちゃんに見せたいんやって」

「あたしに？」

「うん。俺たちは冬、大坂に船を置いて輪島に戻ってくるやろ。輪島に一歩ずつ近づきながら、大きなお寺に詣でたり、門前の茶屋で饅頭《まんじゅう》を食べたりする。帰り道の旅も楽しいんや。けど、物足りん。俺は能登をもっとじっくり、自分の足で巡りたいんや。普段は船から見るばっかりやしな。湊に降り立ってみたい」

丹十郎は、表司の才があってその見習いをしていたが、立場の上では一介の水主《かこ》だ。

よほどの悪天候でない限り、湊に上がることはなく、風待ちの折も船上で過ごす。

「船から見る景色、か。丹十郎さんたちの船から、能登はどんなふうに見えとるん？」

「おもしろいがやぞ。同じ能登の外浦ゆうても、輪島とまったく同じ姿をした場所はないんや。岸辺や岬《みさき》の形、湊の町並み、砂浜や岩場の色。全部、その場所ごとに違っとる」

海に突き出た能登の西側から北側にかけては、外浦という。海の向こうから風が吹きつけ、波の高い日も多い。特に冬場は海がひどく荒れる。

「輪島とよそで、そんなに景色が違うもんなん？」

うん、と丹十郎はうなずいた。

「外浦の付け根近くにあるんは、福浦の湊町や。二股《ふたまた》になった湾の内側はいつも穏やかで、大昔から風待ちの湊やったんやって。遠くからでも見える大きな灯明堂《とうみょうどう》が岬に建っとるんや」

能登の岸辺を右手に見ながら、弁才船は進んでいく。

穴の開いた巌門《がんもん》、夫婦のように寄り添い合った機具岩《はたごいわ》、義経の舟隠しと伝えられる断崖絶壁《だんがいぜっぺき》の細い入り江、猫か狐《きつね》の耳が生えたように見える権現岩《ごんげんいわ》。目に飛び込んでくるのは、荒波に削られた岩がちの景色だ。

「外浦は、やっぱりいつも波が高いんやね？」

「そうやな。船がひっくり返りそうになることもあるわ。やから、輪島まで戻ってくると、ほっとする。俺《おらちゃ》たちだけじゃなくて、よその船にとってもそうやろうな」

「輪島は、ほっとする湊なんや」

「うん。ほんで、輪島を出てさらに北東に進んでいくと、曽々木《そそぎ》というところがある。曽々木の岸辺も、不思議な形の岩がたくさんあっておもしろいんやぞ。それから、垂《た》水《み》の滝が海から見える。海に注ぐ滝なんや。珍しいやろ？」

聞けば、揺れる船の上では、とても絵など描けないらしい。丹十郎は航海の間、景色を目に焼きつけておき、陸に上がってから絵に描くのだという。

曽々木の奇岩や垂水の滝の絵なら、おなつも丹十郎に見せてもらったことがある。

「よく覚えとられるね」

「航路の目印になる岩や小島は全部、頭に入っとるよ。岸辺を近くに見ながら船を進めれば、道を誤《あやま》らんで済むけど、思わぬ浅瀬に乗り上げる恐れもある。それを避けるためには、目印を覚えて、潮目をよく見ることや」

「潮目って？」

「潮の流れの境目や。流れの速いところとそうでないところ、流れる向きの違うところは、よう見たら、はっきりわかるもんや」

「海の色が違うの？」

「俺の目には、違って見える。そんなふうにまわりを見るのが表司の仕事やけどさ、能登の岸辺はどこもきれいで、目を奪われる。つい見惚《みと》れてしまうんや」

荒々しい波の打ちつける外浦に対し、東側は内浦という。湾になっており、外浦よりもずっと海が穏やかだ。

「珠洲《すず》の岬をぐるっと回って内浦に入って、ちょっと行ったあたりに、見附島《みつけじま》っていう島がある。海からいきなりにょきっと、大きな岩が生えとるような島なんや。それが、大きな船にも見える形をしとる。潮が引いてるときは、岩場伝いに、陸のほうから渡っていける」

「船みたいな形の岩なら、目印になりそうやね」

「うん。それに、単なる目印やなくて、物見遊山の名物にもなっとるよ。きれいな景色を訪ねてまわる旅人も、思いのほかおるんやって。俺もそういう旅をしてみたい。

でも、一人じゃ嫌や」

おなっちゃんと一緒じゃないと、と丹十郎はささやく。甘い秘密を告げるみたいに。楽しそうに語るから、旅なんて恐ろしいと感じていたおなつも、だんだん明るい気持ちになってくる。

「内浦のほうは、ずいぶん遠いところのように思っとったけど、丹十郎さんは何度も通りかかっとるんやよね。すっかり見覚えとるんやろ？」

「穴水《あなみず》、能登島《のとじま》、七尾《ななお》と船を進めていく。あのあたりの湊も、にぎわいがあって好きやな。沖のほうからでも、店や家、船宿や蔵がたくさん並んどるのが見えるんや」

「輪島みたいに？」

「そうやな。やっぱり、輪島にもちょっと似とるよ。よその弁才船が風待ちをしたり、商いのために立ち寄ったりしとるんや。沖に止めた弁才船のところへ、艀《はしけ》で商いに来る人たちもおる」

ひと息入れて続ける。

「おなっちゃんは、温泉に入ったことがないやろ？　気持ちいいんやよ。七尾といえば、和倉《わくら》温泉も有名や。行ってみたいんやよね。温泉っていうのは、そのところどころでお湯の質がまったく違うんやって」

「温泉、丹十郎さんは行ったことがあるんやね」

「大坂からの帰りに寄ったんや。山代《やましろ》温泉っていうところ。金沢よりも向こう側やから、輪島までの道はまだまだ長い。なのに、温泉に寄りたがるやつらが多くてさ。俺、帰り道は急ぎたいんやよ。おなっちゃんに会いたくてたまらんから」

勢いのままに言って、それから、はにかんだ顔になる。頭を掻き、目を泳がせ、指先で宙に能登の図を描いてみせる。輪島から始まった能登巡りの夢は、次いで氷見へと向かうのだ。

「七尾から南へ行くと、氷見の湊が見えてくる。その手前に阿尾《あお》という岬があってね、その高台には、戦国の世の頃、前田慶次郎《まえだけいじろう》さまが守っておられたという城跡があるんや。天下御免の傾奇者《かぶきもの》っていわれとる、あの慶次郎さまやよ」

「金沢のご城下で暮らしとった頃、子供向けの絵双紙《えぞうし》で、前田慶次郎さまのお話を読んだわ。傾奇者といっても、派手な格好と振る舞いをしとっただけやなくて、阿尾城にいらっしゃった頃は前田家の侍大将《さむらいだいしょう》やったんでしょう？」

「そう。お強い大将やったそうや」

「傾奇者の慶次郎さまやなんて、お話の中の人やと思っとったけれど、本当に能登で生きておられたんやね」

「阿尾の岬の城跡、おなっちゃんも行ってみたくないけ？　物語にも描かれる英雄と同じ場所に立ってみたら、わくわくするやろうな」

わくわくするとか、おもしろいとか、丹十郎はよく口にしていた。知らないところへ出掛けていくだなんて、おなつはつい、恐ろしくないのだろうかと感じていたが。

江戸に出てくることのできた今なら、あの頃とは少し違う。遠い江戸から振り返るからこそ、能登のことをもっと知りたいと思うようになった。

今なら、丹十郎から能登巡りの旅に誘ってもらったら、すぐさま「うん」と答えられるのに。あのときみたいに尻込みなんか、今なら決してしないのに。

「氷見は鰤で有名やけどな、それだけじゃないんやよ。内浦の魚がたくさん、ここで水揚げされる。波の穏やかな湊やから、風待ちをするにも荷崩れの心配が少なくていい。氷見の湊は、俺も好きやな」

平八の故郷のことも、丹十郎の口から聞いたことが確かにあった。おかげで、平八が輪島屋に転がり込んできたとき、初めから親しみを覚えていた。

「氷見はね、景色がまたすごいんやよ。湾を隔てた向こう側、滑川《なめりかわ》や魚津《うおづ》のほうを見ると、その後ろに立山《たてやま》がそびえとる。七尾あたりからも海越しの立山が見えるんやけどな、とにかく、まるで見事な屛風《びょうぶ》みたいなんや。青い山並みに圧倒されるんやぞ」

「屛風？　海の向こうに山が見えるん？」

「わからんよなあ。俺《おら》たちゃの船が氷見の湊を通るのは、初夏や晩夏、初秋の頃やけど、立山に雪が積もる頃はいっそうすごい景色になるんやってさ」

そう言いながら、丹十郎はさっと絵を描いてくれた。

湾の中ほどに小島が、向こう側に岸辺が見え、さらに向こうに山がそびえている。墨《すみ》の濃淡を活かした、いつもの画風である。おなつが思い描くこともできなかった景色を、丹十郎はたちまち紙の上に写し出して見せてくれるのだ。

ああ、何て楽しい夢なんやろ。

これは夢だとわかっている。丹十郎がすぐそばにいて、おなつも輪島にいて、旅に出てみようと誘われている。しかも、春が来てこれから暖かくなろうという頃に、そんな話をしているようなのだ。

「寒くなって雪が降ると、旅をするのが大変になるさけね。ほんでも、今の季節ならちょうどいい。春の能登を見て回らんけ。きっと、どこもかもきれいやよ」

北の海に面した能登にも、暦《こよみ》より遅い春が来て、山の木々に花が咲こうとしている。弁才船に乗っていた丹十郎は、その時季はすでに、商いの旅のさなかのはずだ。春のお彼岸の頃に大坂を発つと言っていた。その大坂へ向けて輪島に発つのは、春とは名ばかりの冷たさの、年明けから間もない時季だった。

「丹十郎さん……」

自分の声に、はたと気づいて目が覚める。

ほら、やっぱり夢やった。

むろん、呼んだところで、応えてくれる声はない。手を握ってつかまえたと思っても、こうして目覚めてみれば、おなつは一人だ。

江戸の深川宮川町の、細長い形をした小料理屋の二階にある、おなつの部屋。ずいぶん見慣れてきた天井。犬の姿に見える、壁の染み。

喉が渇いて、枕元の湯呑を手に取る。湯呑の傍《かたわ》らには急須《きゅうす》が置かれていて、茶ではなく白湯《さゆ》がたっぷり入っていた。まだ温かい。

ぼんやりしながら見回すと、文机《ふづくえ》の上、輪島塗の箸のそばに、丹十郎からの文が順番に並んでいる。並べたのはおなつだ。文を読み返すためではなく、絵を見るためだった。

丹十郎は、毎月の文の片隅に小さな絵を描き添えていた。その絵にちょっとした仕掛けがあった。三月から十月までの小さな絵をつなぎ合わせたら、ひと連なりの絵になるのだ。

それは、旅をしている絵だった。

「どこへ向かう途中なんやろう?」

大小の船がつながれた湊がある。木々の豊かな山がある。のどかな里の景色が広がっている。流れる川に架かる橋の上を、二人連れの人影が歩いていく。

人影は本当に小さくて、背格好しかわからない。男と女だ。男は「あっちへ行こう」というふうに前を指差しながら、女のほうへ手を差し伸べている。

この二人はきっと、丹十郎とおなつだ。能登巡りの旅をしたいと丹十郎が言っていたのを、この絵を見つけたときに思い出した。だから今、そのことを夢に見ている。

「帰りたいなあ……」

熱が出て、頭が痛くて、体じゅうがつらい。骨という骨が外れてばらばらになってしまうのではないか、という痛みにさいなまれている。

体が弱っているときは、心も弱ってしまう。鼻が詰まって苦しいと思ったら、涙があふれてしまうせいだった。戸惑ったり不安になったりすることはしょっちゅうでも、泣いたのは久しぶりだ。

情けない気持ちになるから、涙を流したくはなかった。

「輪島のみんな、どうしとるかなぁ……」

とりわけ両親の顔がまなうらに浮かんで、どうしようもなかった。おなつのいない日々を、どんなふうに過ごしているのだろうか。正月支度を進めながら、寂しい思いをしているのではないか。

江戸にいて、寝ついていて、どうにもならない。もどかしさに縛られながら、おなつはまた布団に横たわり、眠りに沈んでいくほかなかった。

白いお米のおかゆに溶き卵を落とし、刻んだ梅干しを添えたのを、二度ほどいただいた。おかゆは、おせんが丁寧に炊《た》いてくれたのだ。

おいしいはずだった。でも、味がよくわからなかった。

早く起きられるようにならなくてはと焦《あせ》る気持ちは、ぼんやりとした靄《もや》の向こう側にあった。

医者にはかからなかった。おせんが心配して医者を呼ぼうと言ってくれたが、そんなことをしてはお金がかかる。起きて働けないだけでも申し訳ないのに、医者を呼んだり薬を買ってきたりするなんて、もったいないことだ。

うまく言えたかどうかわからなかったが、どうにかして、そんなふうに伝えた。

おりょうが作ってくれた薬湯はいただいた。すりおろした生姜と金柑《きんかん》の甘煮と、ほかにも喉によい薬草を加えた葛湯《くずゆ》だそうだ。甘く、とろりとしていた。

「喉が真っ赤に腫れてるけど、呑み込めるから大丈夫そうかな。水もちゃんと飲めてるもんね。胸の音を聞くに、肺患《はいわずら》いではないみたい。とはいえ熱が下がらないのは、疲れがたまってたんだと思うよ。とにかく、ゆっくり休みな。わかった？」

おりょうは、おなつの額《ひたい》に手を当てたり、手首の脈を測ったり、首筋や胸に触れて呼吸の音を確かめたりした後に、そう言った。

重い病ではないのに、体がまいってしまって動けない。それはそれで、何だか人騒がせなようで、おなつは情けなくなった。

そうやって幾日を過ごしたのだろうか。あるいは、ずいぶん長く感じてしまっていただけで、実は二日か三日といったところだったかもしれない。

ささやく声が聞こえた。

「おなっちゃん」

聞こえるはずのない声。でも、待ち望んでいた声だ。

「丹十郎さん……？」

うまく開かないまぶたを、どうにかこうにか、こじ開ける。

丹十郎が、枕元で遠慮がちに、おなつのほうをのぞき込んでいる。まなざしが絡《から》み合った。その垂れがちの目が、ほっとしたように緩んだ。

また夢を見ているのか、と思った。

きっとそうだ。

これまでずっと、丹十郎とともにいる夢ばかりを見ていた。そうありたいと望む気持ちが夢となって現れて、熱に浮かされるおなつの心を故郷へと運んでいた。

「おなっちゃん、まだ熱が高いみたいやね。あんまり邪魔はせんから。今はゆっくり休んどいて」

そんなことを言いながら、丹十郎はおなつの額にそっと触れた。乾いた指先は温かった。おなつの身をさいなむ熱とは違うぬくもりだった。

立ち上がった丹十郎は、文机を見下ろして、にっと笑った。形のよい横顔。笑うと、頬に深いえくぼが刻まれる。

懐かしいえくぼを見上げていると、また丹十郎と目が合った。

「お休み、おなっちゃん」

丹十郎はそっと障子を閉めて出ていった。

四

すっきりと目が覚めるようになるまで、幾日かかっただろうか。その日はようやく、目の奥にうごめいていた鈍痛が消え、息苦しさもなくなっていた。

「邪魔するよ」

不意に、障子の向こうから声が聞こえた。

「えっ？」

「ああ、起きとるみたいやな、おなっちゃん」

すっと軽い音を立てて、障子が開かれた。

息が止まった。

慌てて布団から身を起こしたおなつは、まばたきをするのも忘れて見つめていた。

夢にまで見たその人が、おなつの前にいる。

「……本当に、本物の、丹十郎さんなんけ？」

ようやくこぼれたおなつの言葉に、丹十郎は噴《ふ》き出した。

「そうやぞ。毎日お見舞いにも来とったんやけどな」

「毎日？」

「おなっちゃんが倒れた次の日、煤払いの日に、江戸に帰ってきたんやよ。その足で輪島屋に来てみたら、おなっちゃんが熱を出して寝込んどるって聞いて、びっくりしたんや。あれから七日経っとるよ」

「七日も経ったん？」

では、今日は十二月の二十日だろうか。いや、二十一日？

いずれにしても、煤払いや餅つきの手伝い、かぶらずしや大根ずしの世話など、年越しに向けての仕事があれこれあった。それをすべてすっ飛ばして、ただ寝てばかりいたということだろうか。

「まったく起き上がれずに寝とったんは初めの二日だけやったって、おせんさんから聞いとる。ほんでも、俺がお見舞いに来るときはいつも熱が高かったみたいで、うなされとった。一日のうちでも、朝夕には具合が悪くなったりするものらしいね」

「そうかもしれん。お昼はちょっと楽になって、体を拭いたりできたもの。でも、夕方や夜になると、寒くて寒くてたまらんで」

「そっか。きつかったな」

「あの、あのね、玄兄ちゃんが丹十郎さんに会いたがっとった。十月に江戸に来とったの」

「おせんさんと七兵衛さんから聞いとるよ。玄ちゃん、塗師屋になったんやな。しっかりした顔つきやったって、七兵衛さんが言っとった。俺も玄ちゃんと会いたかったわ」

「文机の上の簪、玄兄ちゃんが作ってくれたんやよ。丹十郎さんが下絵を描いてくれたんやよね？　その簪が職人としての最後の仕事やって、玄兄ちゃんが言っとった」

　丹十郎は、文机のほうへ身を乗り出した。輪島塗の飾りがついた、平打ち簪。桜と紅葉が一緒に描かれた、季節を選ばないものだ。

「玄ちゃん、仕上げてくれたんやな。俺のわがままに最後まで付き合ってくれたわけや。いい色やね。ほんでも、職人としての最後の品か。寂しいわ」

「あたしもそう思う。寂しい。でもね、あたし、簪にも玄兄ちゃんの言葉にも、うんと励まされたんやよ。玄兄ちゃんが塗師屋の道を選んでくれたさけ、来年もまた江戸で会える。あたし、楽しみやな」

　丹十郎はおなつに向き直った。怒っているのかと思ってしまうくらい、真剣な目をしていた。びっくりして、息が止まる。

　ふっと、丹十郎は目元を緩めた。

「おなっちゃん、やっぱり痩せてしもたね。寝ついとったんやから、無理もないか。まだ食い気は起きんけ？」

「お昼は、ちゃんといただいとるよ。おかゆとか、卵とか、長崎のお菓子のかすていらとか。上等なものばっかりいただいとって、きのどくなっていつも思とる」

「きのどくな、なんて思うことはない。みんな、おなっちゃんのことを心配しとるんやぞ」

江戸の言葉で「きのどくな」は何というんやったっけ、と不意に思った。前におりょうが首をかしげていたことがあるのだ。

ああ、そうや。こういうときの「きのどくな」は、「申し訳ない」がしっくりくるんやった。

目の前にいるのは丹十郎なのに、とっさに江戸の言葉を探してしまった。江戸暮らしにも馴染んできたんやわ、と我ながら思う。何だかおかしく感じて、おなつは少し笑った。今さらながらではあるが、手で口を覆《おお》ってから丹十郎に告げる。

「重い病じゃないんやよ。ダンホウ風邪をこじらせとっただけみたい。丹十郎さん、あんまり近くに来たら、うつってしまうかも」

おなつの場合、咳はほとんど出なかった。だが、ダンホウ風邪はとにかくうつりやすいという。患者と同じ部屋でしばらく過ごしただけでうつってしまった、という話をよく聞くのだと、おりょうが言っていた。

丹十郎はかぶりを振って、おなつの布団のそばに腰を下ろした。

「俺なら平気。その流行り病、江戸ではダンホウ風邪って呼ぶんやったけ。春先にもちらっとその名前を聞いたかな」

「うん、去年から流行っとる」

「同じ流行り風邪が日光街道や奥州街道沿いの地にもじわじわと広がっとったよ。人の行き来によって、人から人へ渡っていくんや。俺がかかったのも、江戸で言うところのダンホウ風邪やったわ」

「えっ、いつかかったん？」

「先月や。奥州の仙台で。仙台は奥州でも指折りの大きな町で、江戸のダンホウ風邪の噂も入ってきとったから、医者もさほど慌てずに俺を診《み》てくれたんや。熱が三日ほど下がらんで、ちょっときつかったわ」

苦笑する丹十郎に、おなつは眉根をぎゅっと寄せた。

「病み上がりで、仙台から江戸まで旅してきたん？　遠いんやろ？　ずいぶん無理をしたんじゃないが？」

「いやぁ、無理をしてでも早く江戸に戻りたかったんやけど、そうさせてもらえんかった。間宮さまに見張られとったし、医者も厳しい人やったし。節々の痛みがすっかり引いて、医者が問題ないと太鼓判《たいこばん》を押してくれるまで、仙台で足止めされとった。おかげでこんなに遅くなってしもうて。ごめんね」

丹十郎は少し身を屈めて、おなつの顔を正面からのぞき込んでくる。柔らかなまなざしにとらわれて、おなつはぼうっとしてしまった。どきどきと鼓動が走っている。

夢の中とは違う。淡く色づいた夢では、たとえ手をつないでいても、その肌の熱があいまいで、何もかもふわふわしていた。

目の前にいる丹十郎は本物で、触れ合わずとも、息遣いを見て取ることができる。髪のほつれたところ。少し痩せたみたいで、前より目立つようになった頬や顎の骨。乾いているせいで少し白っぽい唇。

夢の中のように、きらきらもふわふわもしていない。目の前にいる丹十郎は、確かに生身の人間だ。

「丹十郎さん、やっと戻ってきたんやね。本当に、本当に、心配しとったんやよ」

たちまち鼻の奥がつんとして、息が苦しくなってしまった。責めるような言い方だ。違う。お帰りなさい、と笑顔で言いたかったのに。

丹十郎は頭を掻いた。その髷の結い方は、町人ではなく武士のものだ。

苗字帯刀を許されているのだから、今の丹十郎は、武士に準ずる立場にある。たっつけ袴をつけた腰には、脇差《わきざし》を帯びている。その出で立ちもまた、夢の中とは違う。

「ごめんね、おなっちゃん。江戸に戻ってからも、役所に毎日顔を出さんならんで、おなっちゃんが起きとるときには会いに来られなんだ。そういう務めがなければ、俺がおなっちゃんの看病をしたいくらいやったんやけどね」

おなつは、すんと洟《はな》をすすった。

「お役所に顔を出すって、えっと……千代田《ちよだ》のお城に行っとるの？」

「いや、違うよ。お城のそばではあるけど。大手門《おおてもん》のそばって言って、わからんけ？ ここからやと、深川と八丁堀《はっちょうぼり》と日本橋を突っ切って、お城のお堀にぶつかったら、そのまま北へ行く。あのあたり、お城の役所が集まっとるんや」

「そうなんや」

あいづちを打ってはみたものの、きちんとわかったとはいえない。丹十郎は頭の中に地図を描くのが得意だが、おなつはそうではないのだ。

丹十郎はちょっと考えるそぶりをしていた。おなつに告げてよい話を選び、言葉を探していたらしい。それから、実は、と切り出した。

「俺も詳しい事情はわからんのやけど、蝦夷地に置かれていた松前奉行っていうお役所が今年でおしまいになって、昔のとおり松前藩が蝦夷地を治めることになるらしい」

「あ、叔父さまから聞いたかも。お役所の仕組みなんて、あたしにはよくわからんかったけど」

「そりゃあ、役所の仕事をしとるはずの俺にもよくわからんもん。俺は今まで、松前奉行配下の間宮林蔵さまの下について仕事をしとった。来年から、属する役所が替わるらしいんや」

「今度は松前藩で働くん？」

「いや、間宮さまが別のお役所に移るから、俺も一緒に移ることになった。勘定所ってゆうて、加賀藩で言えば御算用場やな」

「そろばんを弾くお役所？」

「大ざっぱに言うと、そういうこと。間宮さまのお役目は普請役で、街道や橋の壊れたところを調べたり、川の治水《ちすい》の指図をしたり、山の高さや川幅を測量し直したりする。それで、どのくらいの規模の普請になるかを調べて、それにかかるお金について勘定所に知らせるんやと」

おなつが話を呑み込むのを待ってから、丹十郎は続けた。

「間宮さまは、今年で蝦夷地でのお役目を終えられることになると思う。ほかにも行くべき地があるからね」

「丹十郎さんは？」

「俺は初めの約束どおり、蝦夷地での五か年の務めになるはずや。間宮さまがそんなふうに、蝦夷地探索の任を引き継ぐ松前藩のお役人に話をつけてくださった。勘定所の役人にも事情を伝えてくださっとる。まったく知らん土地に行かされたり、務めの年季が延びたりはせんよ」

「やったら、今までと変わらないんやね。慣れたお仕事を続けられるよう、間宮さまが取り計らってくださったんや。もしかして、丹十郎さんも、そのお願いのためもあって毎日お役所に行っとるん？」

「まあ、そういうことや。これからの仕事の足場を固めるためと、この間までかけられとった疑いを改めて晴らすためやね。ちょっこし、しくじった」

丹十郎の笑みに苦いものが混じった。

そろそろ昼餉の頃になるのだろう。階下から平八の元気のよい「いらっしゃい！」という声が聞こえてきた。入ってきた客は、おそらく鳶の比呂助だ。比呂助の声は低いが、ぴんと張り詰めた楽器の弦《げん》を弾くように、よく通る。

そうしたやり取りが耳に飛び込んできたためだろう。丹十郎が肩越しに障子のほうを振り向いた。さっきから、ときどき同じ仕草をしている。誰かに聞かれることをはばかっているのだ、と、おなつは感じ取った。

「お昼の忙しいのがひと区切りするまで、誰も上がってこんと思うよ」

おなつが言うと、丹十郎はうなずいた。おなつのほうに顔を近づけてささやく。

「聞いとると思うけど、俺が露国と通じとるんじゃないかと疑われた。それで、しばらく松前藩で足止めされとったんや。言いがかりっちゅうわけでもなかった。実のところ、確かに俺は露国生まれの人と会《お》うてしゃべって、ちょっとした宴《うたげ》も開いた」

「異国の人と、宴？」

間宮配下の徒士からも知らされてはいたが、耳にしたときは、とても信じられないような心地だった。だというのに、まさかそれが本当だったとは。

異国の人を描いた絵なら、おなつも見たことがある。金色の髪に、赤みがかった白い肌、青く光る目と、大きく隆起した鼻。日ノ本の人とは、姿かたちがまるで違うらしいのだ。日ノ本の言葉が通じないというのも、食べる料理もまたずいぶん違うというのも、聞いたことがあった。

丹十郎は苦笑した。

「やっぱり、びっくりさせてしもたか。間宮さまからも呆《あき》れられたわ。でも、俺もアレクセイも、友と久しぶりに会えて嬉しかっただけ。俺が一年くらい行方知れずになっとったとき、アイヌの村で一緒に過ごしとったのがアレクセイなんや」

「もしかして、丹十郎さんたちの船とぶつかった露国の船に乗っとった人？」

三年前の秋のことだ。猛烈《もうれつ》な時化のさなか、互いの姿が見えないままで接近した二隻の船は、避けようもなく接触した。重い積荷のためもあり、よりひどく壊れたのは、いろは屋の弁才船のほうだった。

一方、相手方は露国の大きな軍船であり、航海に障りが出るほどのことにはならなかった。ただ、甲板で働いていた兵が幾人か、荒波の中に投げ出されてしまった。ほとんどの者はすぐさま引き上げられたが、行方知れずになった若い兵が一人いた。

「俺とアレクセイは艀にしがみついて漂って、蝦夷地に流れ着いた。そこでアイヌの漁師に拾ってもらって、命を救われた。俺がアイヌの漁師の案内で松前奉行のお役所に向かったのと、アレクセイがアイヌとともに暮らすと腹を決めたのと、同じ頃やった」

「その異国の人は、帰らないと決めたん？」

「アイヌの娘と所帯を持つことにしたんや。その後どうしとるかなと思っとったけど、うまくやっとるみたいや。もうじき赤ん坊も生まれるんやと。体が大きくて力が強いから、狩りをしたり家や道具を作ったり、いろんな場所で重宝されとるらしい」

「そう。その人が寂しい思いや肩身の狭い思いをしとらんのなら、よかった」

露国の人の名前は呼びづらい。何度か聞いても、うまく呼べそうにないので、「その人」と言ってしまった。

丹十郎はきっと、その名をうまく呼べるようになるまで、本人の前で何度でも稽古をしてみせたに違いない。

あるいは、露国の人にとっては、丹十郎という名も呼びにくいかもしれない。だとすると、丹十郎は友からどんなふうに呼ばれているのだろうか。

「アレクセイはアイヌの男になった。そういうわけやから、俺が露国の兵と通じたなんていうのは誤解なんや。アレクセイ自身、露国の軍とはもう、わたりをつけることもできなくなったんやから。でもまあ、疑われるのはもっともやった」

「誤解はとけたんやよね？」

「うん。間宮さまやアイヌの通詞《つうじ》たちがあちこちに聞き取りして、疑いを晴らしてくれた。通詞というのは、和語とアイヌ語の両方を話せる人のことで、お役人ってわけじゃないんやけど、俺たちの仕事に力を貸してくれとる」

「間宮さまだけじゃなく、いろんな人が丹十郎さんの力になってくれたんや」

「こたびは俺やったけど、何も俺が特別なわけじゃない。和人、アイヌ、露国人が揉《も》め事を起こさず暮らしていけるように、心を砕《くだ》いとる人たちがおるんやよ。俺もその一員として、務めを果たしたい。平穏に暮らしていけるんが、いちばんいいやろ？」

いらっしゃい、という、おせんの声が階下から聞こえた。おなつもつい唱和《しょうわ》してしまいそうになる。

おなつの口が「いらっしゃい」と動いたことに、丹十郎も気づいたらしい。丹十郎は小さく笑うと、ぽんと手を打《う》った。

「さて、話はこのくらいにせんけ。おなっちゃんが休むのを邪魔しちゃいかんし、俺はそろそろ行くわ」

「行くってどこに？　お役所？」

「いや、今日からはその必要がなくなった。今年のぶんの務めはおしまいや。次は年明けのあいさつ回りを、間宮さまと一緒にこなせばいいんやと。やから、今日からは輪島屋で働くことにしとる」

「わ、輪島屋で？　どうして？」

「だって、おなっちゃんがうなされとったし。働けないのが心苦しいっていうようなことを何度も言っとったよ。俺がかわりに働いとくから、おなっちゃんはゆっくり休んどって」

「代わりにって、ほんでも……間宮さまというかたに怒られんけ？」

「大丈夫や。丹十郎は逃げだしたりなどせん、と間宮さまにも認められとるから。だって、逃げだせるわけがないやろ？　おなっちゃんがここにおるんやから」

「丹十郎さんがおらんようになったら、あたしがお役所に呼び出されるん？」

「うん、そういうことになるやろな。巻き込んで、ごめん」

「それは、いいんやけど」

丹十郎が蝦夷地探索の事情を明かしているのは、おなつだけだ。お役所から見れば、おなつは丹十郎の逃亡を阻止《そし》するための人質《ひとじち》、ということなのだろう。

一蓮托生《いちれんたくしょう》なんや。

そう悟《さと》って、ぞくりとした。震えが走ったが、恐ろしいわけではなかった。武者震《むしゃぶる》いというものかもしれない。

丹十郎は腰を浮かせた。

「ま、そういうわけで、ふるさと横丁の輪島屋が俺の居場所やとお役人に見せるためにも、旅立ちまでの間、輪島屋で働かせてもらうわ」

「本当に働くん? 去年とはずいぶん違うんやね」

去年の今頃、丹十郎には厳重な見張りがつけられていた。拝領《はいりょう》屋敷から外に出るのもままならず、輪島屋にもほとんど足を運べなかった。おなつが訪ねていっても、長居することも二人きりになることも許されなかった。

一年の間に、丹十郎の待遇はずいぶん変わった。露国の兵と通じているのではないか、と松前藩から疑われたときの周囲の対応からも、それは見て取れる。上役の間宮にも、ともに働くアイヌにも、丹十郎は信頼されているのだ。

丹十郎はいったん障子の外に出ると、廊下に置きっぱなしにしていたらしい荷を抱えて戻ってきた。何やら大きな風呂敷包みだ。

「元気になったら頼もうと思っとったんや。おなっちゃん、こっちの仕事をよろしく。繕《つくろ》い物をお願いしたいんや。一張羅《いっちょうら》ってほどじゃないけど、正月のあいさつ回りのときまでに、もうちょっとちゃんとした着物を用意しとかんならんさけ」

風呂敷をほどいてみると、藍鼠《あいねず》色の羽織と小袖、茶色の地に縦縞《たてじま》の入った袴が出てきた。古着を買ってきたのだろう。縫《ぬ》い目があちこちほつれている。

「これを縫っておけばいいが？　大きさは体に合っとる？」

「大体合っとったはずやけど。ちゃんと測ったほうがよければ、そうするわ。でも、今は駄目や。俺、これから七兵衛さんの手伝いをするから、その後がいい。あいまぜを作るんや。大根や人参や牛蒡を切ったり洗ったり、けっこう手がいるんやってさ」

あいまぜは、大根、人参、牛蒡、打ち豆を醬油の味つけで煮た料理だ。打ち豆は、大豆を潰して乾燥させたもので、丸のままの大豆よりも熱が通りやすく、味もよく染みる。

しっかり煮詰めた料理は、冬場であれば日持ちがする。輪島では、何かと慌ただしい師走の終わり頃には、あいまぜをたくさん作るものだ。年越しに欠かせない料理の一つといってよい。

丹十郎が料理をするなんて、おなつは知らなかった。蝦夷地で暮らす間に、アイヌという人々から教わったのだろうか。

いや、おなつが知らなかっただけで、弁才船に乗っていた頃から料理ができたのかもしれない。船乗りは、初めは炊《かしき》といって、飯炊き係から始まるのだという。七兵衛は仲間でいちばんの料理上手だったから、炊の少年に炊事の指南をしていたそうだ。

張り切った様子で部屋を後にする丹十郎の背中に、おなつは慌てて声を掛けた。

「包丁で怪我せんといてね。気をつけて」

「わかっとる。ありがとう、おなっちゃん」

丹十郎は肩越しに振り向いて、にっと笑った。そぎ落としたように鋭い形になっている頰が、笑うと、ふっくらと盛り上がった。あどけなかった頃から、その笑顔は変わらない。

障子がそっと閉められる。

おなつは、ほう、と息をついた。

「本当に本物の丹十郎さんや……戻ってきてくれたんや」

声に出してつぶやくと、うつつの出来事なのだと、ようやく信じられた。おなつの胸がじんわりと温かくなった。

第四話　いさざの卵とじ

一

梅という花はいい、と紺之丞は思う。

寒風の中でも凜《りん》と咲く梅の花は、小さく愛らしい。華々しくはないが、可憐《かれん》で気品がある。沈鬱《ちんうつ》な雪雲の下でも、春のぬくもりをこちらへ導くかのように、すがすがしい香りを放って咲いている。

加賀藩士にとって、梅は特別な花でもある。藩主前田家の家紋は、梅の花に剣をあしらった「加賀梅鉢」だ。

紺之丞の手には今、紅白二色の花をつけた梅の枝がある。御算用場の同僚で江戸詰めの加賀藩士、横山左膳《よこやまさぜん》がくれたのだ。

横山はそろばん勘定だけでなく、草木の世話も得意であるらしい。横山が妻子とともに暮らす屋敷の庭は、本郷に広い敷地を持つ加賀藩上屋敷の中でも、ちょっとした名所であると藩士の間で評判が高い。

「しかし、相変わらずのお節介だな」

しかも勘がよい。横山は、紺之丞が深川へ赴こうとするたびにどこからともなく現れて、手土産にするならあの店の菓子がよいだの何だのと助言してくる。果ては、大切に育てている梅の枝まで持たせてくれた。

ここまでしてくれるのは、すでに親戚気分だからでもあるのだろう。もしもおなつが紺之丞との縁談に応じてくれるなら、いったん横山家に養女として迎えてもらい、家格の釣り合いをとることになる。

横山家はもともと、清水家と縁づくことを望んでいた。そのためにおなつを使えばよいのだと、そろばんを弾くように答えを出しているのは、いくぶん腹立たしい。

とはいえ、紺之丞もいちいち反発などしない。

「利用するのもされるのも、お互いさまだ。御算用者らしく、損得勘定ずくでいこうではないか」

そんなふうに、すでに開き直っている。

年が明けてから、松の内は何かと慌ただしかった。武家においては、年始のあいさつ回りや節句の祝い、あるいは法事など、儀礼と付き合いが重んじられる。

上屋敷勤めの御算用者は、藩主やその妻子のために冠婚葬祭《かんこんそうさい》にまつわる内証を一手に担っている。これが大変な金額なので、行事のたびに父の和之介は冷や汗をかきながら奔走《ほんそう》している。正月はひときわ忙しく、下っ端の紺之丞まで身動きがとれないほどだった。

紺之丞が紅白の梅の枝を携えて輪島屋を訪ねる運びとなったのは、すでに一月も半ばに差し掛かっていた。ちょうど立春《りっしゅん》を迎えた十四日である。

「江戸の雪は早々に解けるものだな」

松の木を見上げて、何となくつぶやく。

雪が降り始めるのも、金沢の初雪の頃と比べれば遅かった。空《から》っ風《かぜ》の強さには辟易《へきえき》するが、江戸の冬は金沢よりも暖かい。

長く冷たい金沢の冬も、紺之丞は嫌いではなかった。なぜと問われても答えようがないが、強いて言えば、風情《ふぜい》があったから、だろうか。

金沢城下で見られる松には、林檎《りんご》吊りと呼ばれる雪吊りが施されていた。木の周囲に幾本もの縄を巡らせ、円錐の形に覆って、雪の重みから枝を守るのだ。

雪吊りは江戸では見られないのだと、ずいぶん前に父から教わった。おなつが金沢で過ごしていた頃のことだ。紺之丞は七つだった。ちょうど十年前になる。

ふと、後ろから声を掛けてきた者がいる。

「紺之丞どの、お出掛けかい？　ああ、その花は手土産だね。ということは、噂の従姉どののところへ行くのかな？」

「……伊藤《いとう》どのか」

「虎白《こはく》どのと呼んでおくれ。この上屋敷で伊藤どのと呼ばれているのは、我が父だよ。父君《ちちぎみ》とともに働くあなたも同じだろう？」

男のような口の利き方をする伊藤虎白は、女だ。歳は紺之丞と同じく、この正月で十七になったところである。

変わり者め、と紺之丞は内心で舌打ちした。

いくら突き放しても、虎白は平然として声を掛けてくる。相手が同い年の男なら遠慮なく厳しい当たり方もできるが、虎白はそうではない。そんじょそこらの男より男前だが、伊藤虎白は女である。

虎白は紺之丞と同じくらい上背があり、身にまとう着物も男仕立てで、腰には二刀を差している。髪もまた、女らしく結い上げてなどいない。月代《さかやき》こそ剃っていないものの、前髪姿の若武者のように、元結《もとゆい》で一つに括っている。

腰の刀は飾りではない。剣術に薙刀《なぎなた》術、馬術に弓術、槍《そう》術にやわらの術と何でもでき、まさに武芸百般だそうだ。虎白の伯父にあたる横山が言うには、ほんの子供の頃から稽古場に出入りし、大人の男を投げ飛ばしたりなどしていたらしい。

高貴な武家の奥方や姫君をお守りする、別式というお役がある。武芸に秀《ひい》でた女のみが就くことのできるお役だ。

虎白も別式のような立場だが、正式なものではない。届け出のなされた肩書としては、側室であるお登佐《とさ》の方《かた》のもとにお生まれになった、たか姫さまの子守りである。

男装の佳人《かじん》であり、男よりも腕が立つ虎白は、上屋敷の奥向きで女たちの人気を一身に集めている。御年《おんとし》五つのたか姫さまが「虎白のお嫁さんになる」と言ってはばからないという話は、紺之丞も耳にしていた。

「虎白どのが横山どのに入れ知恵をしたのだと聞いている。この梅を土産にするのはどうか、と。確かによい土産だ。礼を言う」

「どういたしまして。あなたがどれほど従姉どのにご執心なのか、伯父上からうかがっていたものでね。力になれれば幸いだよ」

虎白はしなやかな足取りで近づいてくると、軽く身を屈め、紺之丞が手にした梅の枝に顔を寄せた。いい香りだ、と笑顔でつぶやく。

紺之丞はぶっきらぼうに言った。

「私に何か用か？」

「用がなければ、話しかけちゃならないのかい？　わたしはただ、あなたとおしゃべりをしたかっただけだよ」

「武家の者が無駄口を叩くものではない」

「言葉というものは、必要なことだけを伝えるための道具ではないよ。余計なことばかりを伝えるための玩具にだってなりうる。そういう遊びから、風流というものは生み出されるんだ。風流をたしなむのも、泰平《たいへい》の世の武家の務めではないかな」

「どうでもいいな。失礼する」

虎白に背を向けて歩を進める。くすくすと笑う声が背中に飛んできた。

「つれないなあ。たまにはかまっておくれよ」

「何を申している？　かまってほしいなどと、あなたは子供か？」

「子供みたいなものだよ。世間知らずだもの。わたしは、あなたのように出歩くことができない。たか姫さまをお守りするという仕事は尊いけれど、雁字搦《がんじがら》めだ。奥向きの勤めから離れることが許されない。男の身なら、外に出る仕事だってあるんだろうけれど」

どこか寂しげなその声は、いくら低くしていようとも、やはり若い女のものだ。男をも打ち負かす武芸の達人でも、虎白の身は女。それゆえの束縛は、男の紺之丞が思うよりもつらいものなのかもしれない。

紺之丞は思わず足を止め、振り向いた。まっすぐにこちらを見つめる虎白は、常と変わらず、人を食ったような笑みを浮かべている。

「どう？　わたしのことを心配してくれた？　籠《かご》の鳥なんだ。ねえ、哀れだろう？」

苦悩をつぶやいたかと思えば、この笑みである。虎白という人物の本心のありかが、今ひとつわからない。

紺之丞は、細かな字を見極めるときのように目を細めた。

「籠の鳥などという、かわいらしいものではあるまい。檻《おり》の中の虎《とら》だ。危うくて、解き放てるものではない」

「おや、ずいぶんな言われようだ」

「なぜ私にいちいち絡んでくる？　歳が同じだからか？」

「そうだねえ。同い年か。うん、もちろんそれもあるけれど、決め手ではないな」

「では、何なんだ？　輪島屋に行ってみたいのか？」

「気にはなっているよ。人に冷たく厳しいあなたをもぞっこんにしてしまう、おなつどのという女人に会ってみたい。きっとかわいらしい人なんだろうね」

「……うるさいな」

「金沢の料理も食べてみたいんだ。うちは代々、江戸詰めだからさ、金沢のことをよく知らない。江戸よりも雪が深いんだってね。雪のない頃は、よく雨が降るんだって？　料理も、江戸とはずいぶん違うんだろう？」

江戸の生まれ育ちとは言うものの、先ほどこぼしていたとおり、虎白は上屋敷の外に出る機会があまりないまま、今に至っているらしい。金沢のことはもちろん、江戸のこともろくに知らないのだ。

だが、武家の女というのは、えてしてそういうものだろう。何と窮屈なことか。虎白は男姿を貫《つらぬ》いているのに、結局は女であることに縛られている。

哀れなものだ、と紺之丞は思った。だから、つい、思いついたことを率直に言葉にしてしまった。

「金沢を知るためということなら、輪島屋へ行くことについて、たか姫さまやお登佐の方さまからも正式なお許しが出るのではないか？　伊藤家の格式に応じて駕籠を仕立て、供回《ともまわ》りもつけるという、いくらか面倒なことにはなるだろうが」

虎白は目をしばたたいた。

「あなたの大切な輪島屋へ、わたしも連れていってくれるのかい？」

「……どうしてもと言うのなら、そのうちに。おなつも、この梅の花のことで虎白どのに礼を言いたがると思う」

「紺之丞どのは馬鹿正直だなあ。そういう贈り物は、すべて自分で考えてあつらえたってことにして、自分の手柄にしてしまえばいいんだよ」

「嘘は嫌いだ」

虎白は声を立てて笑った。どきりとするほどに明るく、唄《うた》を歌うようにきれいな笑い声だった。

「それじゃ、楽しみにしておこう。近いうちに、輪島屋に案内しておくれ。あなたの大切な従姉どのにあいさつしたい。約束だぞ、紺之丞どの」

「……心得た」

口の中でつぶやいて、紺之丞はきびすを返し、足早に上屋敷の門をくぐった。

二

本郷から深川まで、歩き慣れてしまえば、どうということもない道のりである。一里半（約六キロメートル）といったところだから、紺之丞の足なら半刻《はんとき》（約一時間）かかるかどうかだ。

本郷通を南西へ進み、神田川に架かる昌平橋《しょうへいばし》を渡る。内神田から日本橋北にかけての繁華な通りを、人波に呑まれそうになりながら、南へ。堀に架かる日本橋を渡ったあたりで東へ進んで、武家屋敷の連なる八丁堀と霊岸島《れいがんじま》を突っ切る。大川に架かる永代橋《えいたいばし》を渡ったら、そこが深川だ。

深川の富岡八幡宮と永代寺の門前は、いつでもにぎわっている。祈りのために訪れる者ばかりではない。寺社の門前には、精進落《しょうじんお》としの料理茶屋が軒を連ねている。寺社参詣《さんけい》を名目にして門前の盛り場に繰り出すことが本命の物見遊山客が、むしろ多い。

「このあたりは、どうしても慣れんな」

わかりやすい道だから通るのだが、人の多さに辟易する。ただ人が多いだけなら、日本橋周辺も大したにぎわいだ。しかし、あちらは商いに精を出す人々の活気や熱意が感じられる。そういうのは悪くない。

深川の門前町の盛り場は、勝手が違う。祈りの何たるかをわかっていない呑気な人々が、上《うわ》っ面《つら》だけのお参りを済ませるや、歌舞音曲《かぶおんぎょく》や美食や美酒、あるいは女に誘われて、ふらふらとさまよっている。

「不届き者らめ。そのうち罰が当たるぞ」

紺之丞の故郷、金沢は、戦国の世の頃から親鸞聖人の教えが深く根づいた地だ。お城の南東の小立野《こだつの》、北東の卯辰山《うたつやま》、南西の寺町には大小の寺社が集められている。まるでお城を三方から守るかのような布陣《ふじん》である。

金沢城下の寺社の門前にも料理茶屋はあった。人の往来も多かった。だが、深川の八幡町ほどには浮かれた場ではなかったと思う。

寺町は、紺之丞の実家からも近かった。足腰の鍛練《たんれん》のために、子供の頃にはよくあのあたりを走っていた。歳の近い小僧が修行に明け暮れるさまも、時おり目に入ってきた。厳しい修行に耐える姿に、何となく近しいものを感じていたものだ。

深川一のにぎわいを足早に抜け、三十三間堂の前を通り過ぎると、唐突にのんびりとした風情の通りが現れる。三十三間堂と蛭子宮に挟まれた、小料理屋が軒を連ねるふるさと横丁だ。輪島屋ののれんが見えるあたりまで来ると、肩の力が抜ける。

ところがである。

「あっ、紺之丞さまや！　こんにちはぁ！　いらっしゃいませ！」

いつでも声の大きな平八と、通りでばったり出くわしてしまった。親しく話したことなどないというのに、昔からの友のような顔でにこにこ笑ってこちらへやって来る。肩に大きな荷を担いでいるので、買い物から戻ったところなのだろう。

いや、平八はまだよい。声がいくらかうるさいだけで害はない。

問題は、平八とともに荷を背負ってこちらへ向かってくる男だ。会ったことはないが、その顔と出で立ちを目にした途端、何者であるかがわかった。

「いろは屋丹十郎……！」

江戸に戻ってきているのは知っていた。どんな面構えなのかをじかに見てやりたいと思う一方、できることなら一生会いたくないとも願っていた。

紺之丞は我知らず、左手で刀の鞘口《さやぐち》を握っていた。心がざわついている。

丹十郎が身につけているのは、たっつけ袴だ。動きやすいように膝下を括った形の袴である。腰には二刀ではなく、脇差だけを差している。髷は武士の結い方をしているものの、総じて見るに、武士らしい格好とは言いがたい。

確か、丹十郎の上役の間宮林蔵も、よくこんな格好をしているらしい。礼儀知らずなのではなく、あえてのことだ。生まれが百姓であるために、自身を武士と同列にはしたがらないという。

丹十郎は、紺之丞と目が合ったその瞬間、はっと真顔になった。それで、丹十郎もこちらのことを知っているのだと、紺之丞にもわかった。

紺之丞は腹を括った。まっすぐに丹十郎に問いかけたのだ。

「そのほう、いろは屋丹十郎であるな？」

「はい。丹十郎と申します。あなたさまは、おなっちゃんの従弟の清水紺之丞さままですね。お初にお目にかかります。今日も本郷からお一人で歩いて、輪島屋にいらっしゃったんですね。足をお運びいただき、ありがとう存じます」

冷静に受け答えをし、頭を下げた丹十郎は、すでにその頰に笑みを取り戻していた。愛敬のある顔、とでも言えばよいだろうか。言葉遣いも振る舞いも武士としての礼儀をきちんと備えている。

不意を打たれたように、紺之丞は感じた。輪島屋で丹十郎と出くわすことがあるかもしれない、とは思っていた。だが、その場合は互いに驚き、たじろいでしまうに違いない。そう思い描いていたのだが。

「……私のことをよく知っているようだな。おなつに聞いたのか？」

「いいえ。ただ、手前の上役の間宮林蔵さまは、大変物知りなおかたですから。ご不快だったでしょうか？」

間宮林蔵。蝦夷地探索の大任を長年務めてきた男だ。

昨年いっぱいで松前奉行配下の任を解かれたが、今年からは勘定奉行配下に属し、蝦夷地のみならず、日ノ本各地の沿海へ出向き、異国船への備えや抜け荷の摘発《てきはつ》に当たることになるという。街道や川の普請に関わる調査を担うというのは、表向きの名目だ。

間宮の務めは、ご公儀の隠密と言いうるものだ。丹十郎もまた、蝦夷地において隠密の任の一端を担っている。

だから、普通の者がちょっと調べたくらいでは、丹十郎がどこで何をしているのかすら、つかめないはずだ。

紺之丞が丹十郎の務めや間宮のお役について知りえたのは、加賀藩が幕初からきわめて重要な大藩であったためと、藩主である前田加賀守斉広《まえだかがのかみなりなが》さまが父をたいそうお気に入りになっているためだ。むろん、他言無用と固く命じられている。

探索が得意な間宮から、丹十郎は紺之丞について聞かされた。ならば、母方の従弟がたまたまご府内でのお役に就くことになった、などと知らされたわけではあるまい。

丹十郎の許婚であるおなつに、不届き者が近づいた。その正体は、従弟の清水紺之丞である。丹十郎の立場からすれば、紺之丞はそうとしか見えないだろう。

我知らず、紺之丞の頰がかっと熱くなった。正々堂々としていたいのに、恥ずかしさと後ろめたさを覚えた。

「私は、昼餉を食べに来ただけだ。おなつの具合もよくなったと聞いたから、新年のあいさつも兼ねて、勤めが非番の今日はちょうどよかったのだ」

言い訳じみたことを口走ってしまう。

丹十郎は笑顔でまっすぐに紺之丞を見据えていた。

「国許《くにもと》を離れてのお勤めでは、食べるものに苦労するとうかがっています。江戸では、醬油や味噌、漬物の味も、北陸のものとは違いますから。でも、おなっちゃんなら、金沢の料理も作ることができますよね」

どうぞ、と丹十郎は輪島屋のほうを指し示した。慣れた仕草だ。平八とともに買い物に出ていたのを見るに、日頃から輪島屋を手伝っているのだろう。武士に準ずる立場の者が、一体何をやっているのか。

紺之丞は引っ込みがつかず、丹十郎と平八に招かれるまま、輪島屋ののれんをくぐった。

「お帰りなさい。あっ、紺之丞さま、いらっしゃいませ」

ぱっと顔を輝かせたおなつが、台所のほうから出てくる。丹十郎に向ける笑顔のついでに、紺之丞にも微笑みかけてくれた。

おなつは、紺之丞の前では眉間《みけん》に皺を寄せ、目を伏せてばかりいた。それなのに、この違いはどうだ。こんなに明るい顔をしているのを、紺之丞は初めて見た。

奥歯を嚙みしめる。手にしていた梅の枝を、おなつのほうに突き出す。

「土産だ。上屋敷でも評判の紅白の梅を分けてもらった。店に飾るといい」

「まあ。ありがとうございます。きれいな梅の花。ひと枝に二色の花が咲いとるって、不思議ですね。すぐに生けさせてもらいます」

おなつが梅の枝を受け取るとき、指先が紺之丞の手に触れた。思わずびくりとして、手を引っ込める。

きょとんと目をしばたたいて、おなつが見つめてきた。いつも潮の香りのする店の中、ふんわりと梅の花が香った。

つい、顔を背けてしまう。

「昼餉を所望する」

「はい。まだ外は冷えますから、体が温まるものをお出ししますね」

おなつはいつも、紺之丞の体を気遣う言葉を投げかけてくれる。ありがたくてくすぐったい。なのに、紺之丞は何も言えない。台所へ向かうおなつの後ろ姿が前より痩せてしまったと気づいていても、どう言葉を掛けていいのか、わからない。

でも、丹十郎なら言えるのだろう。紺之丞にはできないことを、きっと何でもこなしてしまうのだ。

じりじりと焦《こ》げつくような思いがある。この感情は、単なる悔しさではない。妬《ねた》ましさと呼んでもいい。

刀を鞘ごと帯から抜き、羽織の裾を払って、床几に腰掛ける。ふと目を上げると、丹十郎がじっとこちらを見ていた。会釈されるより先に、紺之丞のほうから目をそらした。

三

紺之丞が持ってきてくれた梅の花は、竹筒に生けて小上がりに飾った。

おなつは、生け花なんてほとんどわからない。金沢で過ごした半年の間、叔父の勧めで少し習っていただけだ。それでも、たしなんでいてよかったと、輪島屋で働くようになってから感じている。

紅白の梅のすぐそばに、丹十郎が描いた絵が掛かっている。雪のちらつく小正月、輪島の河合町や輪島崎村では、面様年頭《めんさまねんとう》という神事がおこなわれる。男面と女面をつけた二人組の氏子《うじこ》が夫婦神に扮《ふん》し、お供の氏子たちとともに家々を巡るのだ。

絵に描かれているのは、夫婦神のお供に就いた人数や装《よそお》いを見るに、輪島崎村のほうの面様一行だろう。

輪島崎村の細い路地を、仲睦《なかむつ》まじい夫婦神が行く。梅と桜の紋が染め抜かれた着物や頭巾《ずきん》を、丹十郎は墨の濃淡だけで描いているけれど、本当はくっきりとした色味だった。男神は柿色の着物と頭巾、女神は茶色で、どちらも浅葱《あさぎ》色の袴をつけていた。冬を越えてなお濃い色の葉を茂《しげ》らせた榊《さかき》の小枝が、夫婦神の着物と引き立て合っていた。

紺之丞が掛けた床几からも、その絵が見えていたらしい。

「輪島の祭りか？」

お膳を運んでいったときに、短く問うてきた。

「お正月の神事です。あたしの家は、この神事のお宮の氏子ではなかったんですけど」

「輪島にもいくつか、お宮があるんだったな」

「はい。近くのお宮やから、見物させてもらっとりました。この神事は面様年頭といって、お面をつけた神さまのご夫婦を面さまと呼んどるんですけど、その面さまが氏子の家をお回りくださるんです。面さまは一言もお話しにならない神さまで、氏子のお年賀のあいさつを受けると、その家の厄《やく》を祓《はら》ってくださいます」

「よそからやって来た神を迎える、という類の習わしなのか。金沢と輪島では、やはりずいぶん違う。同じ料理なんかもあるが、異なる習わしのほうが多いくらいだろうな」

そう言って紺之丞が真っ先に箸でつまんだのは、大根ずしである。かぶらずしは、三《さん》が日《にち》のうちに食べたり配ったりして、なくなってしまった。もっと食べたいという声があちこちから聞こえてきたので、仕込みが手軽な大根ずしを作り足したのだ。

「かぶらずしや大根ずしは、金沢の料理です。輪島では、あたしの母しか作ってなかったんですよ」

「そうか。これはおまえが作ったのか？」

「おせんさんと一緒に、ですね。かぶらずしも大根ずしも、甘酸っぱくてさっぱりしていて、口に合うって言ってくれる人が多いんです。お国の料理を誉められると、何だか嬉しいですよね」

おなつがダンホウ風邪で倒れている間に、おせんがかぶらずしを仕上げてくれていた。紺之丞と和之介のもとにも届けたらしい。

「上屋敷で出された正月料理は、江戸のものだった。金沢とはまるで違うんだな。雑《ぞう》煮《に》は肉や青菜が入っていて、何というか、ごちゃごちゃしていた。鏡餅も江戸では白一色で、ちょっと味気ないな」

「金沢では紅白の鏡餅ですもんね。お年賀のお祝いにふさわしく、華やかですよね」

「ああ。一事が万事そんなふうに、江戸の正月は金沢と違っていて、戸惑うこともいろいろあった。だから、食べ慣れたかぶらずしが手に入って、国許から出てきた者は皆、喜んでいた。礼を言う。その……ありがとう」

つぶやくような声で紡《つむ》がれた「ありがとう」の一言が、おなつの胸をくすぐった。

「喜んでいただけてよかった。こちらこそ、お返しにおいしいお菓子をたくさん頂《ちょう》戴《だい》して、ありがとうございました。まわりのお店にもお裾分けしたんです。江戸のお菓子は洒落ていておいしいって、みんな大喜びでしたよ」

「あの菓子、おまえも食べられたのか？　風邪をこじらせて寝ついていたんだろう？

その、何だ、やつれたようだし、本当にもう起きて働いて、いいのか？」

「もう大丈夫です。熱が下がった後も、体じゅうが痛んで、なかなか床上《とこあ》げできんかったけど、紺之丞さまからお菓子をいただいた頃には、ずいぶんよくなってました。梅の花の形をした練り切り、あたしもいただきましたよ。きれいで、おいしかったです」

「そうか」

「さっき紺之丞さまもおっしゃっていたとおり、お正月の料理って、その土地土地で違うんですよ。ふるさと横丁では、日ノ本各地のお雑煮の食べ比べをするのがお正月の風物詩になっとって。今年は、あたしは食べそこねたんですけど」

三が日はまだ本調子ではなかった。丹十郎からもおりょうからも誘ってもらったが、馴染みのない味わいを楽しむ、というほどの余裕は戻ってきていなかった。

おなつは正月の間、おせんが作ってくれたお雑煮ばかり食べていた。丸餅を出汁で煮て海苔を散らした、輪島のお雑煮だ。

いつだったか、ちょっと違ったお雑煮を、母が作ってくれたことがあった。それが金沢の武家のお雑煮だった。すまし汁仕立てで角餅を入れ、鰹節を散らしたお雑煮である。鰹節は「かつぶし」であり、「勝武士」とも通じる。武家では縁起物なのだ。

あの味わいは、覚えている。もしもおなつがお正月に元気だったら、お菓子のお礼に、紺之丞たちに金沢のお雑煮を振る舞うこともできたかもしれない。

会話が途切れたと見て、紺之丞はようやく箸を手に取った。食べながらおしゃべりをするなど、紺之丞は決してしない。

「それじゃ、ごゆっくり召し上がってください」

おなつはそそくさと紺之丞のそばを離れた。

今日の昼餉の中心は、鰤大根ならぬ、がんど大根だ。鰤で作るときほどのコクは出せないものの、それをうまいこと味つけで補って、物足りなさなど感じさせない。それがおせんの腕である。

紺之丞は、がんど大根を気に入ったようだった。箸が進んでいる。口に合うかどうかを平八が尋ねたときも、こくりとうなずいていた。

結局、紺之丞は昼餉を平らげると、さっさと帰っていった。今日は客足がゆっくりしているから、お茶くらい飲んでいってほしかったのだが。

「もっとゆっくりしていけばいいがに」

おなつがこぼすと、平八がにやりとした。

「照れとるがやろぉ。おなっちゃんが美《うつく》しい娘さんやから困っとるだけさ」

「ええ？　からかわんといて」

「おらも覚えあるちゃ。三つ年上の従姉がおって、小《ち》んこいときは姉ちゃん姉ちゃんって追いかけ回しとったけど、姉ちゃんが十五を過ぎたら急に美《うつく》しなって、恥ずかしくてしゃべられんようになった」

「平八っちゃんでも、恥ずかしがったりするん？」

「おらも子供やったから。ま、姉ちゃんがお嫁に行って、すっかり母ちゃんの顔になったら、またへっちゃらになった。紺之丞さまくらいの年頃の男って、そんなもんやちゃ」

「そんなもんなんかなあ」

平八には、紺之丞から縁談の申し出があったことを告げていない。ただ、その口ぶりを聞くに、紺之丞がおなつに向けるまなざしの意味を察してはいるようだ。

丹十郎にも、おなつは何も告げていない。やれお見舞いだ、輪島屋の手伝いだと、毎日顔を出してくれているから、話をする機会はいくらでもあったのに。

だって、どんなふうに話せばいい？

まさか「武家の養女になれ。そして清水家に嫁《とつ》げばいい」なんていう話をされるとは露《つゆ》も思わず、紺之丞の誘いに乗って出掛けてしまった。二人きりで話をし、想いをぶつけられてしまった。

隠し事など、本当はしたくない。でも、打ち明け方がわからない。丹十郎に疑われ、嫌われてしまうのではないかと思い描くと、怖くてたまらない。

丹十郎がぽつりと言った。

「俺も、紺之丞さまともっと話したかったな。所作の一つひとつがとても美しくて、つい見惚れてしまったわ。さすがは武家の若さまや。それに比べると、俺は船乗りや商人の癖が抜けけん。もしかしたら、嫌われたかもしれんな。武士としての格をないがしろにしとると思われたかも」

そう独白して、しゅんとうなだれている。丹十郎にしては珍しいことだ。普段は、あっという間に誰とでも仲良くなってしまうというのに。

「紺之丞さまは気難しいさけ。あたしもなかなかお話が続かんし。嫌われたっていうことはないんじゃないけ？　紺之丞さま、丹十郎さんのことを気にしとったもの」

帰り際にお代を受け取るとき、紺之丞は丹十郎のほうをちらりと見やって、一言つぶやいた。

「まわりの連中からずいぶん好かれているんだな」

短い間にも丹十郎のことをちゃんと見ていたからこそ、そんな言葉が出たのだろう。

平八が梅の枝を指差した。

「紺之丞さまも、前よりはようしゃべってくれるようになったちゃ。その梅の花、上屋敷に住んどる友達が、土産にしたらいいって勧めてくれたんやって。今日はそんな話もしてくれたちゃ」

友達というのは、少し言いすぎかもしれない。江戸詰めの藩士の子で同い年のやつがいて、という言い方をしていた。

「紺之丞さま、次はその方と一緒に来てくれたらいいね。早めに知らせてくれとったら、金沢の料理をお出しすることもできるし」

「そんなら、おら、金沢料理のための魚、きときとのやつを仕入れてきてやっちゃ！」

張り切って大きな拳を固めてみせる平八の隣で、丹十郎はどことなく引っかかりのあるような顔をしている。

紺之丞のことで何か気になるのだろうか。平八も察するくらいだから、丹十郎が紺之丞の想いのありかを悟ってしまっても、おかしくはない。

丹十郎から目をそらした先に、紅白の花をつけた梅の枝があった。甘い香りをふわりと感じる。どちらの色の花もきれいに咲き揃っている。花の盛りは短いものだ。二、三日のうちにこぼれてしまうかもしれない。

四

丹十郎は八丁堀に住まいがあって、そこから毎日、深川宮川町のふるさと横丁まで通ってきている。

八丁堀は武家地だ。縦横の道がまっすぐに延び、きれいな短冊《たんざく》形の区画の中に、大小の武家屋敷がぴっちりと収まっている。

この地に屋敷を拝領している中で有名なのは、町奉行所のお役人だろう。町場で起こる騒ぎを収め、罪人が逃げ隠れするならばその行方を追ってひっ捕らえるのが、町奉行所のお役目だ。そのお役人というのが、いわゆる「八丁堀の旦那」である。

「八丁堀の旦那」というと、粋な着流しに黒巻羽織、緋房《ひぶさ》の十手《じって》を携えた定町廻《じょうまちまわ》り同心《どうしん》の姿が思い浮かぶ。町奉行所の花形だ。

定町廻り同心が働く場は町人地であるから、武士らしく堅苦しいばかりではいられない。袴をつけずに着流し姿で、髪の結い方も町人風に、髱《たぼ》を緩めて髷を細く作ったりする。中には、みずから賭場《とば》に出入りして探索をおこなうような、肝《きも》の据《す》わった旦那もいるそうだ。

丹十郎の住まいは、そんな「八丁堀の旦那」の屋敷の片隅にある。

「例繰方《れいくりかた》同心の岡田《おかだ》さまというかたのお屋敷の離れを貸していただいとるんや。町奉行所の中でのお勤めなんやって」

南北二つの町奉行所には、歴代のお裁《さば》きの記録がすべて収められている。例繰方の中でも岡田さまのように有能であれば、今おこなっている探索に近い例はあの棚にある何年何月の記録だといった具合に、すぐさま思い出せるそうだ。

おなつが丹十郎の家に案内されるのは久方ぶりのことだった。閏《うるう》正月の半ば、節気でいえば啓蟄《けいちつ》を迎えたところで、もうどこにも雪など残っていない。日差しもずいぶん春めいてきている。

岡田さまのお屋敷は、南北に長い八丁堀の真ん中あたりにある。地蔵橋《じぞうばし》からちょっと北に入ったところで、医者や絵師の看板が並ぶ細い路地を行った先だ。お屋敷を囲う板塀沿いに、ぐるっと裏手に回り込む。そうすると木戸が設《もう》けられていて、それをくぐったら、丹十郎が借りている離れのそばに出る。

「どうぞ、上がって」

「お邪魔します」

土間の台所があって、床の間つきの六畳の部屋が一つあるだけの小さな家だ。江戸の御武家さまのお屋敷は、あまり広々とはしていない。岡田さまのお屋敷は、庭や離れがあるくらいだから、八丁堀の組屋敷の中では大きいほうだろう。

「きれいにしとるんやね。ああ、掃除は、母屋《おもや》の奉公人がやってくれとるんやったっけ？」

「そう。俺がおらん間に、全部やってくれとる。ただの借家人なら、そんなことまでしてもらえるはずがない。つまり、怪しいものを持っとらんかどうかを確かめるためもあるんやろうね」

奉公人というのは、四十年以上もこの屋敷で女中をしているお婆《ばあ》さんだという。掃除だけでなく朝餉を運んできてくれるし、洗濯までこなしてくれるそうだ。

「裏に干してあった洗濯物、そのお婆さんがやってくださっとるんやね」

「そうなんや。船に乗っていたときも今の仕事でも、身のまわりのことは自分でやっとる。そやから、ふんどしなんか洗ってくれんでいいって断ったんやけど、いちいち気にせんでいいって笑い飛ばされてもうて」

「おなごに人気のあるお菓子で、深川で手に入るのは何かって、この間、比呂助さんや長吉さんに訊いとったでしょ。お世話になっとる女中さんに贈りたいからって。それって、そのお婆さんのこと？」

丹十郎は目を丸くし、ぺしっと自分の額を叩いた。

「聞こえとったんや。おなっちゃん、ごめん。気分のいいものじゃなかったやろ？」

「ええと……ちょっとこしだけ」

「この屋敷の奉公人に若いおなごはおらんよ。普段から俺と話をするのは、その女中のお婆さんだけや。ここへ来る途中、医者の看板なんかを見たやろう？　まわりに住んでいるのは医者や絵師、戯作者、儒者《じゅしゃ》といった人たちで、独り身の男ばっかりやぞ」

昨今の武家の懐事情は厳しく、八丁堀に組屋敷を拝領している旦那がたもご多分に漏れない。そのため、昔は家臣である中間《ちゅうげん》や足軽を住まわせていた長屋を、医者や儒者などに貸し出している。そうした長屋は、敷地と道とを隔てる垣根《かきね》のような格好で建てられており、外の者に使わせるにも都合がよいのだ。

丹十郎は少し慌てた口ぶりで、八丁堀の住まいの事情をおなつに告げた。その慌てぶりが、おなつにはおかしい。つい、くすくすと笑ってしまう。

土間の台所はほとんど使われていない。湯を沸かして飲むことはあるそうで、小振りなやかんが一つ。そのほかには、手鍋すらない。

そのことはあらかじめ聞いていた。だから、おなつは昼餉の料理を鍋ごと運んできた。

「おなっちゃん、昼餉の支度、手伝おうか？」

「ううん、座っとって。すぐできるさけ」

丹十郎に笑顔で応じて、手早く火をおこす。ありがとう、と言った丹十郎は、おなつの背中に向けて、一人語りのような声音《こわね》で話し始めた。

「向こうで探索をしとる間、一人になることはめったにない。組む相手はそのときどきで替わるけど、初めの頃は間宮さまがつきっきりで測量や製図、記録のための絵の描き方を教えてくださったんや。アイヌの村での作法も叩き込んでいただいた」

ここにいるのがおなつひとりだから、いくらか詳しく話してくれるのだ。

輪島屋で過ごすときの丹十郎は慎重だ。歳の近い平八や比呂助、長吉、百合之介と、いつも笑いながらしゃべっているものの、ご公儀の任については一言も漏らさない。蝦夷地の「え」の字も口にしないのだ。

「アイヌの村では、男衆とは親しくしとるよ。女衆は、幼い子供から長老まで、こちらからは話しかけんようにしとる。礼儀を守るためにね。和人の中にはアイヌのおなごを人として扱わない外道《げどう》もおる、という話は、弁才船に乗っていた頃から耳に入ったし、間宮さまからもアイヌからも聞いたわ」

静かな憤《いきどお》りがにじむ声だった。

アイヌと呼ばれる人々は、丹十郎にとって、すでに友と呼びうる存在になっているのだろう。丹十郎は友のために、和人に対して憤っている。蝦夷地に入れば、丹十郎もまた和人と呼ばれる身だ。それゆえの歯がゆさと怒りがあるのだろう。

ふと、丹十郎が口調を変えた。

「そういうわけやから、浮気なんてしようがないんやよ。俺には許婚がおるってこと、向こうで一緒に組んで働く人たちはみんな知っとる。いつも見張られとる身の上やから、何かあったら、きっとおなっちゃんのところにすぐ知らせが行くさけ」

「わかっとる。あたしは丹十郎さんのこと、信じとるから」

肩越しにちょっとだけ振り向いて、笑顔を見せる。でも、すぐに鍋のほうに向き直った。

心苦しい。

隠し事をしているのは、おなつのほうだ。紺之丞には、縁談なんて急に言い出されても困ると告げた。丹十郎を待ち続けるつもりだとも告げた。それでも紺之丞は踏み込んできた。そうするともう、どうしていいかわからなくなった。

丹十郎の五か年の任が完了するのは、文政七年（一八二四）の冬になる。おなつは丹十郎の帰りを待って、年が明けたら一緒に輪島へ帰る心づもりだ。

紺之丞もまた、その年まで待つという。その時点で、おなつに丹十郎か紺之丞かを選ばせる。丹十郎が帰ってこないかもしれない。その見込みをも念頭に置いて、紺之丞はおなつの決断を先延ばしにさせた。

おなつは鍋を見つめたまま、ぽつりと問うた。

「危うい目に遭《あ》ったりはせんの？」

丹十郎が吐息のような声で笑った。

「ひやりとすることがないとは言わんぞ。でも、船に乗っとった頃のほうが、そういう場面は多かった。おなっちゃんに心配をかけとるとは思うけど、俺は大丈夫や」

「本当？　あたしに言えんこと、言ったらいかんことはたくさんあると思うけど、嘘はつかんといて」

少し間があった。

新しい畳のにおいがすることに、おなつは気づいた。

ダンホウ風邪で寝ついていた間、鼻が詰まっているわけではないのに、においがわからなくなったことがあった。おかげで料理の味もわからず、台所の仕事に戻れるかどうか不安になったのだ。畳の青々としたにおいが、おなつにその不安を思い出させた。

丹十郎は、再び口を開いた。

「野山や森で過ごしたり、野宿《のじゅく》をしたりすることが多いから、苦労はあるわ。夏、やぶ蚊《か》だらけの草地を抜けた後は、体じゅうを刺されたせいでつらくて、夜も眠れんかった。痛いのより、かゆくて熱くて腫れぼったいほうがつらいかもしれん」

「あっちにも、やぶ蚊がおるんやね」

「おるよ。秋も半ばになると、どこもかしこも凍り始めるくらい寒いのに、その間、夏の虫はどこに潜《ひそ》んどるんやろうね。虫のほかには、熊も怖いわ。姿をじかに見たのは二度だけ。でも、木の幹《みき》に爪痕《つめあと》がつけてあるのはよく見かける」

おなつは丹十郎のほうを振り向いた。

「大きな熊がおるん？」

「立ち上がったら八尺（約二・四二メートル）くらいあるのも出るって聞いとる。平八さんより二尺（約六一センチメートル）も余計に上背があって、重さは倍くらいあるらしい。戦って勝てるもんじゃないから、熊の縄張りを侵さないように気をつけとるよ」

「わあ」

「うまいもんも、いろいろあるよ。獲れたばっかりの鮭《さけ》や鰊は、輪島の魚とはまた違うおいしさがある」

言葉を止めた丹十郎が、ふと立ち上がり、窓辺へ歩んでいって障子を開けた。南向きの縁側《えんがわ》越しに、春の日が差し込んでくる。庭の桜がぽつぽつと咲き始めている。

「春やね」

おなつが言うと、陽《ひ》だまりの中で丹十郎が振り向いた。

「今日はひときわ暖かいわ。縁側で昼飯を食べんけ」

「そうやね」

おなつの答えを聞くや、丹十郎は窓辺から戻ってきた。握り飯の包みと小皿と箸、鍋敷きなどを縁側へ運んでいく。おなつは手鍋に向き直った。

出汁がくつくつと煮立ってきた。春先に出回る小さな魚、いさざを入れ、透き通った身が白くなったら、溶き卵をくるりと流し入れる。たちまちふわふわと固まる黄味《きみ》の優しい色合いと、ほっとするような出汁の香り。

おなつは手鍋を縁側へ運んだ。

「お待ちどおさま」

丹十郎が、えっと目を丸くする。

「いさざの卵とじ？　いさざって、江戸でも食べられるが？」

「うん。呼び方はいろいろやけど、日ノ本のあちこちで、いさざは春を告げる魚として食べられとるんやって」

いさざというのは能登での呼び方だ。金沢では「すべり」、江戸では「しろうお」と呼び、素魚と書く。いさざは、雪解け水がぬるんでくると、卵を産むために川をさかのぼる。透き通った体はほんの一寸（約三センチメートル）余りだが、これで成魚なのだという。

輪島を流れる河原田川でも、いさざはよく獲れた。海の近くに架かる伊呂波橋と、その少し上流に架かる新橋《しんばし》の間で、いさざ獲りの網を持った人々の姿が見られる。それが輪島に春の訪れを告げるのだ。

「もうすぐ春のお彼岸《ひがん》やもんな。いさざの季節なんや。わあ、何年ぶりやろうな。弁才船で輪島に寄る頃には、もういさざの時季じゃなくなっとったから、食べそこねとったんや」

「弁才船の商いでは、春のお彼岸の頃に大坂を発っとったんやった？」

「うん。今の時季は、大坂で仕入れた荷をどうやったらきれいに積めるか、あれこれ頭をひねっとった頃や。重い荷を下に置いて喫水《きっすい》を下げんとならんのやけど、積み方次第で簡単にひっくり返るさけね」

いさざの卵とじと、輪島屋でこしらえてきた握り飯。小鉢に入れて持ってきたのは、ふきのとうの味噌和《あ》え。

一昨日、ふるさと横丁の女衆で山菜採りに行ってみたのだ。まだ時季が早く、あまりたくさんは採れなかった。でも、ふきのとうは、あちこちで見つけた。わらびとごみもいくらか採れた。あけびやたらの若芽《わかめ》は、あともう少しといったところだった。

ふるさと横丁の中では、おなつがいちばん山菜を見つけるのがうまい。おりょうからもそう言われたし、一昨日は自分でもそう感じた。輪島で暮らしていた頃は、まだ雪の残る山に入って山菜を探したものだ。

あく抜きをしなければならなかったり、うかうかしていたらすぐに風味が落ちてしまったりと、山菜というものは気難しい。でも、おなつは山菜を採るのも料理するのも好きだ。畑の青菜とは違うほろ苦さがたまらない。

「ぜんまいが生えそうなところがあったん。もうちょっこし暖かくなったら、またおりょうさんと一緒に行ってみるつもり。ぜんまいは、ゆでて天日に干しておいたら、年中使えるの。水で戻して、煮物やお味噌汁の具にできるんや」

いさざの卵とじを小皿によそって、丹十郎に渡す。ありがとう、と受け取った丹十郎は、ふうと湯気をひと吹きして、箸で口に運んだ。

ただひと言。

「うまいわ」

「よかった」

「おなっちゃんも食べまし」

「うん」

いさざの味は淡い。だから、味つけもほんのりだ。色合いだけでなく、味わいまで優しい。

握り飯には何も入れず、甘塩で握った。ふきのとう味噌と一緒に食べるとちょうどいい。ふきのとうのほろ苦さが爽《さわ》やかだ。今の時季にしか、この風味は楽しめない。

「春やね。丹十郎さん、もうすぐ行ってしまうんやよね」

いつ発つのか、というのは教えてもらえない。追いかけていくことはもちろん、見送りすら許されない。

今年の春のお彼岸は、閏正月二十五日だ。去年もお彼岸の頃には出立していたから、こうして丹十郎と顔を合わせていられるのも、長くとも、あと数日だろう。明日にもいなくなってしまうのかもしれない。

「閏月が入るぶん、今年は冬が遠いよなあ。そうや、おなっちゃん。露国で使ってる暦って、日ノ本の暦と違うらしい。あっちの暦のほうが便利かもしれんよ」

「違うって、どういうこと？　暦って、いくつもあるんけ？」

日ノ本の暦は月の満ち欠けをもとに作っているから、確かに、ちょっと不便なところはある。大の月は三十日、小の月は二十九日で、その大小の順番は年によって違う。だから毎年、大小の月を一覧にした暦が売られるのだ。

「露国や西洋で使っている暦は、お天道《てんと》さまの動きをもとに作られとる。一年の中でいちばん日が短い冬至から次の冬至まで、三百六十五日か六日なんやけど、それを十二か月に割り振って暦にするんや。日ノ本で言うと、二十四節気もそのやり方で決まっとる」

「やったら、冬至やお彼岸、節分なんかもそうやよね」

「うん。ほんで、露国の暦では閏月がないんやと」

「そうなん？」

「日ノ本で使っとる暦は、月の満ち欠けの暦や。ひと月で三十日か二十九日。これやと、十二か月で三百五十日とか六十日とかになって、お天道さまの暦とずれてしまう。そやから、ずれがひと月ぶんになった頃に閏月を入れ込む。いつ閏月を入れたら整うのか、大小の月がどう配置されるのか、算術を使って求めるのが天文術なんやよ」

丹十郎の語る言葉を、いったん受け止めて、ゆっくり考える。

今年は正月の後に閏正月が入って、十三か月ある。去年、丹十郎は二月に江戸を発ったから、毎月一日に読む文は、三月から十月までの八通だった。今年は閏正月のうちに発つというから、きっと文は九通になる。丹十郎の戻ってくる冬がひと月ぶん遠い。

「露国の暦やったら、ひと月短かったんかな」

「俺が江戸を離れとる期間が？」

恨めしいような気持ちになって、おなつはうなずく。

うぐいすが鳴いた。すぐ近くから聞こえた。目を走らせてみれば、母屋のそばに立つ木の枝に、小さな鳥の影がある。

丹十郎が箸を置いた。その手がおずおずと伸びてきて、おなつの手を握った。そっと握った後、ぎゅっと力が込められた。

おなつの手をすっぽり包み込んでしまう、大きな手だ。温かく、少し乾いている。骨が当たってごつごつするのが少し痛いくらい、ぎゅっと握ってくれている。

「俺、帰ってくるさけ」

「うん」

「どうか、待っとってほしい」

「うん」

丹十郎がおなつの顔をのぞき込み、微笑んだ。目尻が垂れ、えくぼができる。精悍《せいかん》な顔に、子供の頃と同じあどけなさがにじむ。

おなつが微笑み返すと、丹十郎の手が離れていった。その手は再び箸を取り、昼餉の続きに戻っていく。いさざの卵とじと握り飯を頬張る横顔がほころんだ。

言葉はいらない、と思った。

日の当たるところで、故郷の味わいの昼餉をともにしている。丹十郎とただ隣り合って座っているだけで、おなつの心は満たされる。

うぐいすが鳴いている。

輪島の春の訪れは、江戸より遅い。今頃、輪島はどんな景色だろうか。そろそろわかめが採れる頃だろうか。

帰りたい。けれども、言葉にはしない。

ほろ苦い思いを隠して、おなつは早春の風を胸いっぱいに吸い込んだ。

主な参考文献

井上雪『加賀の田舎料理』(講談社)
青木悦子『金沢・加賀・能登　四季のふるさと料理』(北國新聞社)
守田良子監修『加賀・能登　おばあちゃんの味ごよみ』(能登印刷出版部)
輪島市史編纂専門委員会編『輪島市史』
図説 輪島の歴史編纂専門委員会編『市制施行五十周年記念　図説 輪島の歴史』
金沢市史編さん委員会編『金沢市史』
高澤裕一・河村好光・東四柳史明・本康宏史・橋本哲哉『石川県の歴史』(山川出版社)
磯田道史『武士の家計簿　「加賀藩御算用者」の幕末維新』(新潮新書)

映像資料

『世界農業遺産　能登の里山里海』(北國新聞社)
『一献の系譜』(グリクリエイツ株式会社)

輪島に関する記述は上田聡子さんとご両親にご監修いただいています。
この場を借りて深く御礼申し上げます。

この作品は徳間文庫のために書下されました。

徳間文庫

深川ふるさと料理帖㈡
輪島屋《わじまや》おなつの春待《はるま》ちこんだて

2025年3月15日 初刷

著者 馳《はせ》月《つき》基《もと》矢《や》
監修者 上《うえ》田《だ》聡《さと》子《こ》
発行者 小宮英行
発行所 株式会社徳間書店
東京都品川区上大崎三―一―一 〒141―8202
目黒セントラルスクエア
電話 編集〇三(五四〇三)四三四九
販売〇四九(二九三)五五二一
振替 〇〇一四〇―〇―四四三九二
印刷
製本 中央精版印刷株式会社

ISBN978-4-19-895013-2